# De sonhar também se vive...

Giselda Laporta Nicolelis

Ilustrações de
Leonardo Maciel

# De sonhar também se vive...

1ª edição

Copyright © Giselda Laporta Nicolelis, 2010

Gerente editorial: ROGÉRIO CARLOS GASTALDO DE OLIVEIRA
Editora-assistente: KANDY SGARBI SARAIVA
Auxiliar de serviços editoriais: RUTE DE BRITO
Estagiária: MARI KUMAGAI
Gerente de artes: NAIR DE MEDEIROS BARBOSA
Produtor gráfico: ROGÉRIO STRELCIUC
Coordenação e produção editorial: TODOTIPO EDITORIAL
Preparação de texto: MARIA CECÍLIA CAROPRESO
Revisão: CÁSSIA LAND E MARINA CONSTANTINO DE FREITAS
Suplemento de trabalho: LIA D'ASSIS
Projeto gráfico e capa: ALICIA SEI / TODOTIPO EDITORIAL
Impressão e acabamento: A.R. Fernandez

---

Dados Internacionais de Catalogação na Publicação (CIP)
(Câmara Brasileira do Livro, SP, Brasil)

Nicolelis, Giselda Laporta
   De sonhar também se vive... / Giselda Laporta Nicolelis ; ilustrações de Leonardo Maciel. — 1. ed. — São Paulo : Saraiva, 2010. (Coleção Jabuti).

ISBN 978-85-02-09570-0

1. Literatura infantojuvenil I. Maciel, Leonardo II. Título. III. Série.

10-06016                               CDD-028.5

Índices para catálogo sistemático:
1. Literatura infantojuvenil 028.5
2. Literatura juvenil 028.5

---

18ª tiragem, 2022

SARAIVA Educação S.A.
Avenida das Nações Unidas, 7221 – Pinheiros
CEP 05425-902 – São Paulo – SP
Tel.: (0xx11) 4003-3061
www.coletivoleitor.com.br
atendimento@aticascipione.com.br

Todos os direitos reservados à SARAIVA Educação S.A.

CL: 810013
CAE: 571318

*"Só não existe o que não pode ser imaginado."*

Murilo Mendes (1901-1975)

# Sumário

## Primeira parte

| | |
|---|---|
| I. Vítor | 11 |
| II. A descoberta | 12 |
| III. Uma nova amiga | 13 |
| IV. A escola | 14 |
| V. Hospital | 17 |
| VI. Sonhar pouco é bobagem! | 19 |
| VII. Problemas | 21 |
| VIII. O futuro | 23 |
| IX. Indecisão | 26 |
| X. Felicidade | 27 |
| XI. Vítor não é o único | 29 |
| XII. Tristeza | 30 |
| XIII. O concurso | 32 |
| XIV. A história | 33 |
| XV. Surpresa! | 37 |
| XVI. Mais surpresa! | 38 |
| XVII. O mistério continua... | 39 |
| XVIII. Pedro resolve | 41 |
| XIX. Ganhar ou perder | 43 |
| XX. Novidades | 45 |
| XXI. O grande dia | 46 |
| XXII. Insistência | 49 |
| XXIII. Decisão | 50 |
| XXIV. Tudo pode acontecer | 53 |

## Segunda parte

I. O sonho torna-se realidade... (e começam os problemas) .. 57
II. Consequências. ........................................ 60
III. Uma questão de amor ................................ 62
IV. Dúvidas e angústias .................................. 65
V. Enfrentando a novidade ............................... 67
VI. O poder das palavras ................................. 68
VII. Reencontro ......................................... 71
VIII. Sou o que pareço ser? .............................. 73
IX. Novidades ........................................... 76

Epílogo ................................................. 81

# Primeira parte

# I. Vítor

Ele foi deixado, de madrugada, dentro de uma caixa de papelão, numa calçada da cidade. Um operário que passava ouviu o choro do bebê e o resgatou. Quis adotá-lo, mas não pôde. Primeiro, porque o menino era tão fraquinho que teve de passar algum tempo no hospital. Depois, a burocracia da adoção obrigava o homem a entrar numa fila de espera que poderia durar muito tempo... Ele acabou desistindo.

Foi assim que Vítor — como foi chamado pelos médicos e enfermeiros —, quando ficou mais forte, foi encaminhado a um abrigo de menores. Lá ele cresceu, uma criança de saúde delicada, precisando sempre de muitos cuidados.

De vez em quando, no abrigo, aparecia uma assistente social para buscar uma criança e entregá-la a pais adotivos. Mas Vítor ia sempre

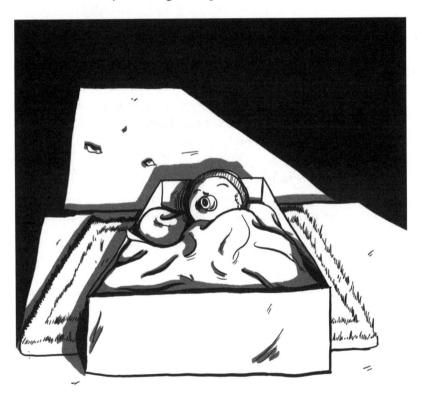

ficando... Até perguntava às tias que cuidavam do abrigo por que nunca chegava sua vez. Elas diziam que o menino não devia perder a esperança e que algum dia teria um lar de verdade.

Logo que Vítor foi levado ao abrigo, um pássaro ou o vento largou uma semente no pátio. A semente vingou, as raízes se entranharam na terra e nasceu uma árvore que foi crescendo junto com o menino...

Vítor gostava de sentar embaixo dessa árvore; sentia-se protegido ali, talvez porque suas origens fossem semelhantes: ele, encontrado numa caixa de papelão; ela, nascida de uma semente largada por acaso na terra úmida.

E, agasalhado sob a sombra amiga, ele descobriu uma coisa maravilhosa: podia sonhar. Então, contava à árvore todos os seus desejos!

## II. A descoberta

Certo dia, aconteceu a coisa mais besta do mundo: caiu uma baita chuva, com trovões que estremeceram o abrigo. E os funcionários, para acalmar as crianças, diziam:

— Não tenham medo, o raio já caiu antes. Agora é só o barulho.

No dia seguinte, quando a chuva parou e Vítor foi sentar debaixo de sua árvore, veio a desolação: não havia mais árvore nenhuma — ela estava caída na terra molhada, com as raízes à mostra, mortinha da silva.

Vítor sentou ao lado da árvore e começou a chorar. Um choro sentido, como se ela fosse mesmo uma pessoa da sua família que tivesse morrido. Como faria dali em diante, se não tinha mais a árvore com quem compartilhava todos os seus sonhos?

Tia Rita veio de mansinho, abraçou-o forte e disse:

— Não fique triste, Vítor.

— Nunca mais vou poder sonhar de novo — replicou ele entre lágrimas. — Sabe que eu contava tudo para ela?

— Vai poder sonhar, sim — consolou tia Rita, sorrindo. — Você não precisa da árvore para sonhar. Os sonhos moram dentro da gente, você pode continuar sonhando quanto quiser...

## III. Uma nova amiga

Se Vítor não podia mais falar com a árvore, ao menos podia ouvir os seus sonhos. Foi então que ele ouviu:

— Seu sonho mais importante continua sendo o mesmo, não é, Vítor?

— É isso aí — respondeu o garoto num impulso. — O meu maior sonho é ter mãe!

— E essa mãe precisa ser muito especial, né? — emendou a voz. — Em primeiro lugar, acho que ela precisa ter um amor profundo por você, jamais abandoná-lo de jeito nenhum, concorda?

— Puxa, você acertou! Eu faço questão disso. A gente pode até passar dificuldades, mas tem de estar sempre junto, como mãe e filho. A minha mãe pode até trabalhar o dia inteiro e voltar só à noite para casa, garanto que eu vou estar lá esperando por ela.

— Eu acho também — continuou a voz — que ela não precisa ser nem muito jovem nem muito bonita, pode ser parecida com a tia Rita. Ela é tão legal com as crianças aqui do abrigo e, além disso, tem um carinho especial por você desde que você veio do tal hospital onde ficou internado depois de ter sido encontrado na rua.

— Como é que você sabe de tudo isso? — admirou-se Vítor. "Eta voz fofoqueira!", pensou.

— Ora, eu sei porque ouvi, por acaso, a conversa dos funcionários aqui do abrigo. Não sou fofoqueira, não, apenas tenho bons ouvidos.

— E será que você pode me dizer quem você é? — perguntou Vítor, já meio grilado com aquela voz intrometida.

— Deixe de fazer perguntas e vamos ao que interessa — disse a voz. — A gente está ou não está imaginando a sua mãe?

— Tá legal. Olha, a minha mãe, com certeza, também precisa ser boa. Saber perdoar quando eu fizer alguma travessura. E nunca, mas nunca mesmo, bater em mim.

— Bem lembrado, companheiro — aplaudiu a voz. — Tem pais de algumas crianças aqui no abrigo que até perderam a guarda por causa dos maus-tratos. Coitadas, são tão assustadas... Dá pena. Vai ser difícil para elas aprenderem a confiar nas pessoas novamente.

Vítor lembrou:

— A minha mãe também deve ser forte para poder me pegar no colo, afinal, eu ainda sou criança. Já imaginou ficar agarradinho, sentindo o cheiro bom que vem do corpo dela? Depois, quando eu pegar no sono, ela vai me pôr na cama, me cobrir e me dar um beijo de boa-noite. E vai deixar uma luz acesa no quarto, porque eu não gosto do escuro.

— Você está com tudo e não está prosa, hein? Tem mais uma coisa: que tal a sua mãe ser uma boa cozinheira e também fazer bolo ou pudim para você poder comer quanto e quando quiser? Também poder levar você para comprar roupas, brinquedos. E até ao cinema, com direito a um saco de pipocas, já pensou? — completou a voz.

— Nossa! — suspirou Vítor. — Até me deu água na boca. E, ainda por cima, minha mãe vai ser alegre e risonha. A gente vai dar muita gargalhada...

Claro que a mãe não seria perfeita, Vítor concluiu, porque ninguém é. Mas se ela cometesse alguma injustiça, pediria desculpa, e ele responderia:

— Não esquenta, mãe, tá tudo bem.

E o melhor do sonho é que Vítor podia mudar a aparência da mãe: um dia ela seria loira de cabelo liso e olhos azuis; no outro, morena de olhos escuros e cabelo cacheado. Gorda ou magra, alta ou baixa. Mas, independentemente da aparência dela, Vítor saberia que aquela mulher era sua mãe, e de mais ninguém.

Sonho bom esse de ter mãe!

## IV. A escola

Quando alcançou a idade certa, Vítor começou a frequentar a escola pública junto com outras crianças do abrigo. Lá ele descobriu que a maioria de seus colegas tinha mãe, mas o mesmo não acontecia com o pai. Muitos pais tinham morrido jovens, outros simplesmente foram embora, e havia até quem nunca tivesse conhecido o pai, o nome dele nem constava da certidão de nascimento, só o da mãe.

Então, a voz, já sua conhecida, falou assim:

— Oi, Vítor, já que a gente imaginou a sua mãe, por que não aproveitamos para imaginar também o seu pai?

Alertado pela voz, Vítor começou a observar alguns pais que iam buscar os filhos na escola, assim poderia imaginar um pai ideal.

Primeiro, o pai precisaria ser um cara bom. E bom queria dizer uma pessoa paciente que nunca batesse no filho (nem na mãe do filho), só educasse com palavras e muito diálogo. Que chegasse do trabalho também de bom humor — isso porque o pai dele seria um sujeito bem certinho que voltaria do trabalho direto para casa, sem ficar bebendo nos bares da vida e depois descontando na família as tristezas do dia, como faziam alguns pais de colegas seus.

— Não se esqueça de que ele também precisa ser um cara bem forte para carregar você nos ombros. Igualzinho àquele pai que você viu uma vez quando foi passear num *shopping* com as crianças da escola — lembrou muito oportunamente a voz.

Vítor acrescentou outras qualidades essenciais de um pai: ele saberia fazer pipas gloriosas, que voariam pelo céu como cometas de cauda colorida. E, claro, jogaria futebol com o filho nos campinhos do bairro. Poderia aprender tanta coisa com o pai! Como fazer a barba no futuro, como cortar a unha do pé — tão dura, a danada! —, como ser educado com as pessoas, principalmente com as mais velhas, cedendo lugar no ônibus, por exemplo.

Porque o pai dele seria gentil. Um cara educado, para todo mundo dizer: "Puxa, seu pai é um doce!". De homem bruto e enfezado o mundo já andava cheio.

— Fecho com você e não abro — disse a voz, decidida. — Você escolheu muito bem. Seu pai vai fazer um par e tanto com a sua mãe. Vão sair à rua de braços dados, ou então com você no meio, já viu que beleza?

E Vítor completou:

— Meu pai poderia ser loiro ou moreno, alto ou baixo, gordo ou magro, pobre ou rico, isso não teria a menor importância; o importante mesmo é que ele fosse um cara de quem eu tivesse orgulho de dizer: "Este é o meu pai!".

Vítor ficou tão feliz ao criar uma mãe e um pai que contou à tia Rita. Ela deu a maior força e disse para ele continuar sonhando, porque quando a gente quer muito alguma coisa, ela acaba acontecendo. Apenas que ele tomasse cuidado para sonhar bem certinho, para depois não reclamar quando o sonho se realizasse.

Foi assim que Vítor continuou aperfeiçoando as figuras da mãe e do pai. De vez em quando eles brigavam, o que é comum na vida de um casal. Mas logo faziam as pazes, porque se amavam muito. A mãe era mais ciumenta, o pai era um homem bonito e sempre chamava a atenção de outras mulheres. Mas ele nem ligava, era homem sério e apaixonado pela mulher. E sempre dizia que nunca, mas nunca mesmo, abandonaria a família.

Então Vítor podia dormir sossegado, sabendo que estaria protegido a vida inteira.

Sonho bom esse de ter pai!

## V. Hospital

De vez em quando, Vítor precisava ser levado ao hospital para dar continuidade ao tratamento que fazia desde bebê. Passava o dia em exames de rotina. Foi num desses dias que ele resolveu tirar uma dúvida:

— Tia Rita, será que é porque eu sou doente e dou muito trabalho que ninguém me adota?

Tia Rita tentou consolá-lo:

— Você é uma criança muito especial, Vítor. Então eles só estão esperando encontrar pais especiais para você!

— É... — concordou o menino. — Os pais que eu imagino são muito legais. Então é melhor eu esperar por eles.

— Você vai ver — continuou tia Rita —, quando eles encontrarem esses pais especiais, todos os seus sonhos vão se realizar.

Vítor ficou muito feliz com essa conversa. E, auxiliado pela voz amiga, como já tinham imaginado mãe e pai, resolveram criar uma casa.

Nem precisava ser uma casa grande, poderia ser pequena, mas construída de tijolos, bem sólida e num lugar seguro. Para ele e os pais dormirem sossegados e não acontecerem tragédias como as que ele via pela televisão, de casas desmoronando e soterrando às vezes famílias inteiras, um horror!

— Bem lembrado — concordou a voz. — Seu pai pode trabalhar

em construção, não é mesmo? Então, saberá construir uma casa confortável e segura. Ela pode ter dois quartos, um para os seus pais, outro para você. Já pensou ter um quarto só seu?

— Não se esqueça da sala, com um sofá maneiro para a gente assistir à televisão — lembrou Vítor. A cozinha teria um belo fogão, onde a mãe faria bolo e pudim. E geladeira para guardar iogurte, ele é louco por iogurte. Quando tem no abrigo, é uma festa!

— E a casa vai ter um banheiro com chuveiro elétrico que nunca dá choque — continuou a voz, entusiasmada. — Vai ser gostoso ver em cima da pia as três escovas de dentes: do seu pai, da sua mãe e a sua. Uma ao lado da outra, companheiras fiéis.

— E a casa vai ter um lindo jardim... — completou Vítor. Podia ser um jardim pequeno, mas de uma coisa ele não abria mão: de uma árvore! Nem precisava ser muito grande, podia ser apenas um arbusto, sob o qual ele pudesse sentar e agradecer o pai e a mãe que havia recebido, e onde também pudesse continuar sonhando. Ele descobrira, maravilhado, que os sonhos não acabam, eles são infinitos...

— Olhe — interrompeu a voz, toda animada —, como a sua mãe trabalha o dia inteiro fora, você vai ter de ajudar nos trabalhos caseiros: varrer a frente da casa, o quintal, recolher as folhas secas que caírem no chão... Talvez a árvore do seu quintal seja diferente daquela que havia aqui no abrigo; talvez seja uma árvore frutífera, qualquer tipo serve. Vai ser muito bom colher as frutas da sua árvore, colocar na fruteira e deixar em cima da mesa da cozinha.

— Tá legal, eu pretendo mesmo fazer tudo isso — aprovou Vítor. Porque a mãe chegaria cansada e ainda teria de fazer o jantar. O pai talvez reclamasse da comida, mas ele, jamais. O que a mãe fizesse estaria bom.

Aliás, no abrigo, ele tinha fama de garoto bonzinho, cordial. Na escola, também. Era um dos melhores alunos da classe.

Ele adorava quando a professora lia histórias. Daqueles livros tão bonitos, cheios de desenhos coloridos. A professora era nova e bonita, e tinha uma voz gostosa de ouvir. Quando ele aprendesse todas as letras, também leria aqueles livros maravilhosos.

À noite, antes de dormir, como agora ele tinha mãe, ela também lhe contaria belas histórias. Como a dos Três Porquinhos, sua preferida.

Dois deles eram meio desmiolados, construíram umas casinhas de merreca, veio o Lobo Mau, soprou e pluft: as casinhas desmoronaram todas. Mas o porquinho mais esperto construiu sua casa com tijolos, então o lobo cansou de soprar: a casinha ficou em pé, e o porquinho rindo que rindo lá dentro.

Sonho bom esse de ter uma casa igual à do porquinho esperto. Com cortinas coloridas nas janelas; no jardim, a mãe plantaria flores. Talvez ela até deixasse ele ter um cachorro. Podia ser um vira-lata, o cão mais fiel que existe. E inteligente, o danado. Um dia ele até viu um vira-lata olhando para os lados antes de atravessar uma avenida — brincadeira!...

Seu cachorro se chamaria Chocolate. Daria banho nele, comida e água fresca. Levaria o Chocolate para passear pelas ruas do bairro. E as crianças da vizinhança viriam todas brincar com eles.

Vítor iria à escola junto com esses garotos. Xi, aí a coisa pegava, porque ele não queria sair da escola onde a professora contava aquelas histórias lindas. Mas no sonho a gente sempre dá um jeito, né, não? Podia pedir ao pai que construísse a casa deles no mesmo bairro da escola em que ele estudava. Daí, também ficaria perto do abrigo e de vez em quando poderia visitar os amigos que havia deixado lá, principalmente a tia Rita, tão carinhosa.

Perfeito!

## VI. Sonhar pouco é bobagem!

Vítor agora tinha mãe, pai e uma casa. Já era uma família, mas pequena. Então, um dia, a voz que falava com ele sugeriu:

— Você não quer ampliar essa família e ter irmãos? Você tem até experiência nisso, porque já mora no abrigo com outras crianças. Então imaginar irmãos não é difícil.

— Mas que ideia genial! — aprovou Vítor. E logo se pôs a planejar a sua família.

A casa teria dois quartos, os irmãos precisariam caber em um deles, porque o outro seria dos pais.

— A não ser que seu pai resolvesse construir mais um quarto porque o terreno é grande — sugeriu a voz. — Então daria para você ter mais três irmãos, e ficariam dois em cada quarto.

— É mesmo — concordou Vítor. Seriam três irmãos, além dele. E, como ele era o dono do sonho, achou melhor que fossem dois irmãos e uma irmã. Assim, quando o pai estivesse muito ocupado, ele teria dois companheiros para jogar futebol e empinar pipa. A irmã iria se distrair com as bonecas ou com as amiguinhas da vizinhança.

— Pera aí — alertou a voz. — Se forem quatro irmãos no total, três garotos e uma menina, como é que fica a divisão dos quartos? Um só para a sua irmã? Melhor então você ter duas irmãs e um irmão. Ainda mais que, hoje em dia, as garotas também batem um bolão, e nada impede que elas empinem pipa com você.

— Ótimo — disse Vítor —, que bela família! — O pai e a mãe teriam de se virar para sustentar quatro filhos, mas valeria a pena. Eles estudariam em escola pública, como ele e todas as crianças ali no abrigo faziam. Mas ainda tinha comida, roupa, material escolar, tudo isso. Sem falar nos remédios que ele tomava desde pequeno. E como ficaria a parte do hospital?

— Tem razão — preocupou-se a voz. — Vivendo aqui no abrigo, você tem isso garantido, mas e depois? Será que seus pais vão poder pagar um seguro-saúde para a família? E se não puderem? Daí enfrentariam as filas nos postos de saúde e nos hospitais públicos, que a gente vê na televisão.

— Ah — lembrou Vítor —, quem sabe o meu pai melhorasse de emprego, ou então a firma de construção onde ele trabalhava também desse um seguro-saúde para os funcionários?

Para tudo tem um jeito, como dizia a tia Rita. Um ajudando o outro, fazendo economia, daria para tocar a vida. Depois do jantar, eles ajudariam a mãe a lavar a louça; em seguida, a família ficaria reunida na sala para ver televisão. Melhor ainda, eles poderiam ficar conversando, cada um contando alguma novidade.

Na hora de dormir, a mãe avisaria:

— Escove bem os dentes, criançada, que dentista tá muito caro!

Xi, do dentista ele tinha se esquecido. Ali no abrigo não precisava se preocupar com isso. Claro que, de vez em quando, a família toda teria de ir ao dentista. Então, todo cuidado com os dentes seria pouco, para economizar, né? Porque dor de dente não dá pra aguentar.

A voz então lembrou, toda animada:

— Já pensou como no final do ano vai ser divertido ter uma casa com muitas crianças?

Vítor vibrou com a ideia:

— Vai ser dez!

Eles ajudariam os pais a montar a árvore de Natal, cheia de bolas coloridas e com uma estrela brilhante lá no alto. Se os pais fossem religiosos, poderiam até fazer um presépio, com um Jesus bebê ali na manjedoura. No abrigo, eles sempre montavam um presépio bonito. Outro dia, os funcionários levaram as crianças para visitar um presépio enorme, com milhares de figuras, que veio da Itália, uma coisa de louco de tão bonito! Tinha de tudo naquele presépio, parecia uma verdadeira cidade!

— E que tal se os seus pais levassem os filhos para passear num *shopping*? Lá haveria um Papai Noel vestido de vermelho esperando por vocês. O Papai Noel perguntaria o que querem de presente no Natal.

— Nossa! — Vítor arrepiou-se todo.

No ouvido do velhinho, sentindo as barbas brancas espetarem seu rosto, ele diria baixinho seu maior desejo: uma bicicleta!

Podia ser de qualquer cor, de qualquer marca, grande ou pequena, mas uma coisa a bicicleta tinha de ser: novinha em folha.

Fazia tempo que ele sonhava com essa bicicleta! De preferência toda vermelha, de guidom e pedais prateados, e uma buzina espalhafatosa que ele sairia tocando sem parar, descendo a rua de casa.

Todo mundo iria olhar e dizer:

— Olha lá o Vítor com a bicicleta que ele ganhou no Natal.

E a mãe ainda gritaria lá da janela:

— Cuidado com os carros, menino! Você ainda me mata do coração!

Puxa, os sonhos estavam ficando cada vez melhores!

## VII. Problemas

Vítor agora tinha uma família completa. De vez em quando, ele e os irmãos brigavam, como todo irmão briga. O Francisco, por exemplo, cismava de querer andar na sua bicicleta. Ele, no começo, não queria deixar, a bicicleta era só dele. Mas então a voz falou:

— Seu pai não pode comprar uma bicicleta para cada filho, então empreste a sua para o seu irmão, Vítor. É bom você aprender a dividir.

Ele pensou e achou que a voz tinha razão. Por que ser tão egoísta? Se o pai fosse rico, poderia comprar várias bicicletas. Mas ele lutava muito, vivia do salário, e, afinal, Francisco era seu irmão. Desde que tivesse cuidado e não estragasse aquela lindeza que Vítor demorou tanto para ganhar, não fazia mal usar a bicicleta.

Mas o Francisco não sabia andar muito bem de bicicleta. E, logo na primeira vez, desceu a rua muito depressa e trombou com um muro. Foi uma correria, levaram o irmão para o pronto-socorro, e o Vítor lá, mais preocupado com a bicicleta.

A voz o repreendeu:

— Pode uma coisa dessas? Não tem vergonha, não? Justo você, que posa de bonzinho...

Quando o irmão voltou só com um curativo na cabeça, Vítor respirou aliviado. E prometeu a si mesmo que nunca mais teria um pensamento tão mesquinho de novo. Para alívio do seu remorso, o irmão logo se recuperou, aprendeu a andar de bicicleta e nunca mais caiu.

Ele não tinha lá é muita paciência com as meninas. Muito dengosas para o seu gosto. Qualquer coisa, já abriam o berreiro. E a voz, parecendo mãe, já ia pondo a culpa nele:

— Vê se não cria caso com as suas irmãs, Vítor. Você é o irmão mais velho, precisa cuidar dos outros.

Ele reclamava:

— Tudo eu, pô! O negócio é ser caçula, viu, porque o mais velho sempre leva a culpa.

— Deixe de bancar a vítima, Vítor! — repreendeu a voz.

— Você é minha amiga ou amiga dos meus irmãos? — perguntou Vítor, irritado com aquela voz enxerida.

E a voz nem se dignou a responder.

Ele errara na escolha, agora tinha certeza: devia ter escolhido só irmãos. Meninas dão muito trabalho! Até na hora de sair. Ele e o Francisco vestiam camiseta, shorts ou bermuda, tênis, e pronto. As garotas ficavam naquela história de veste roupa, tira roupa, perdiam um tempão combinando blusa e saia, ou top e calça, sandália de dedo e por aí vai. E ainda por cima usavam maquiagem, batom, sombra. Elas pegavam escondido da mãe. Aí ficavam parecendo umas mulherzinhas em miniatura, um horror! Meninas dão muito trabalho. O cabelo, por exemplo. Ele tomava banho, lavava o cabelo com sabonete, depois sacudia e pronto. Nem passava escova ou pente. A mãe até dizia que qualquer hora um passarinho faria um ninho na cabeça dele. O Francisco, a mesma coisa.

As meninas, ah, as meninas... Era um tal de usar xampu, condicionador. Ficavam horas penteando o cabelo. Principalmente quando cismavam de fazer aquelas benditas trancinhas que não acabavam mais, cheias de enfeites coloridos. E ainda eram tão pequenas, imagine quando ficassem moças. E a mãe era culpada, porque dava moleza.

Ele errou feio ao escolher duas meninas. Até podia mudar essa parte do sonho se quisesse. Mas, pensando bem, elas eram tão engraçadinhas... Depois acabaria com remorso, como quando o Francisco bateu no muro andando de bicicleta. Vá lá, ficam as garotas.

## VIII. O futuro

— O que você vai ser quando crescer? — perguntou a voz um dia.

"Como é que ela adivinhou que eu estava planejando o meu futuro?", pensou o garoto.

Isso porque um dos sonhos mais gostosos de Vítor era imaginar muitas coisas: ser um astronauta, por exemplo, embarcar naquelas naves espaciais. Já imaginou a contagem regressiva na hora da decolagem? Seria tão emocionante, de acelerar o coração: dez, nove, oito, sete, seis, cinco, quatro, três, dois, um, zero! Parecia até a passagem do ano velho para o ano novo, com aquele foguetório de estourar os ouvidos, que deixa os cachorros meio loucos. Coitado do Chocolate, que nessas horas se esconde até debaixo do tanque.

— E você acha que aguentaria todos aqueles treinamentos de astronauta antes de decolar em direção ao espaço? — perguntou a voz. — Tem um em que o cara fica girando numa cadeira por dez minutos.

— Boa pergunta, amiga. Sabe que eu já pensei nisso? A tia Rita, que sofre de labirintite, disse que no primeiro giro ela já entraria em órbita, nem precisaria de nave espacial nem nada.

— É um treinamento que leva anos. Outro dia, lembra que a gente assistiu na televisão à entrevista de um astronauta? Dentro da nave é engraçado, porque não tem gravidade, então o cara fica flutuando. Precisa ter cuidado para não trombar com os outros.

— O pior é quando o astronauta vai ao banheiro — riu Vítor. — Ele precisa se amarrar, depois acionar uma máquina de vácuo, senão tudo o que ele fizer no tal banheiro também sai voando...

— E ele precisa comer pão aos pedacinhos, corta e põe na boca, corta e põe na boca — contou a voz. — Se pegar um pedaço maior e ele escapar da mão, o pão vai pelos ares. Para dormir, o astronauta entra numa espécie de saco, preso na parede. Vida de astronauta não é moleza, não.

— Sem falar na hora da reentrada na atmosfera terrestre — lembrou Vítor. — Lembra daquela nave que pegou fogo com os coitados dos astronautas lá dentro? E eles já estavam quase chegando em casa, quer dizer, à Terra. Já imaginou a família deles vendo tudo pela televisão?

A voz aconselhou:

— Acho melhor você escolher uma profissão em que não precise sair da Terra. Você podia ser marinheiro ou, melhor ainda, comandante de navio. Puxa, que legal! Ficar lá na torre de comando, usar uniforme e quepe branco. E olhando aquele marzão sem fim... Já pensou?

— Mas o mar de vez em quando também fica bravo, e põe bravo nisso — acrescentou o garoto. — Você se lembra daquele outro programa da TV que contava a história de um navio que começou a virar com umas duzentas pessoas a bordo? O comandante mandou descer um bote, pôs toda a tripulação lá dentro e caiu fora do navio, deixando os passageiros sozinhos, no maior desespero.

— Safado! — concordou a voz. — Aí o narrador do programa explicou que a obrigação do comandante era salvar primeiro os passageiros, dando preferência para mulheres e crianças. Isso é um código de honra do pessoal do mar. Só que ele pensava diferente, quis foi salvar a própria pele e a de seus colegas. Coisa feia...

— A sorte dos passageiros foi que dois músicos que se apresentavam no navio, vendo que alguém precisava tomar alguma providência, conseguiram desamarrar mais botes, e muitos passageiros embarcaram neles. Também chamaram socorro pelo rádio — disse Vítor.

— Um navio escutou o pedido de socorro, espalhou o alerta, e um helicóptero recolheu os últimos passageiros. Inclusive os dois músicos, que se transformaram em heróis! — completou a voz, emocionada. — Foi assustador para os passageiros, lá dentro do helicóptero, ver o navio ficar na posição vertical e ir sendo engolido aos poucos pelo mar, igualzinho ao que aconteceu com aquele navio famoso, o *Titanic*.

"Comandante de navio tem uma baita responsabilidade", pensou Vítor. Mas ele com certeza ia encarar, nunca que ia fugir daquela forma covarde, deixando seus passageiros numa situação desesperadora — mulheres, crianças, idosos...

Vítor não descartou a hipótese de ser comandante de navio, mas ainda tinha muitas opções: também podia ser artista, porque gostava muito de desenhar, e a professora lá na escola dissera que ele tinha talento. Ele desenha a tia Rita, a mãe, o pai, os irmãos, a casa, o jardim com a árvore cheia de frutas, o Chocolate.

A tia Rita, ele desenha sempre igual; os outros, desenha conforme pensa neles no momento. A professora disse que é assim mesmo, artista é muito criativo, vê o mundo com um olhar diferente — às vezes vê uma mulher e depois desenha uma borboleta.

## IX. Indecisão

Nada impede que Vítor tenha mais de uma profissão: vida de artista ele sabe que é difícil, já ouviu muito artista contando que até passou fome antes de se tornar conhecido e ganhar dinheiro para se sustentar.

Então, mesmo sendo um desenhista, ele também podia ser, por exemplo, médico como o doutor Edílson, que tratava dele lá no hospital. Ele perguntou se precisava nascer rico para ser médico. O doutor disse que não, que ele mesmo fora um garoto pobre que estudou com muito sacrifício. Mas quando o sonho é muito forte, a gente vai em frente... E vence todos os obstáculos, disse o doutor Edílson.

"Até que seria legal ser médico", pensava Vítor, "porque eu poderia entender melhor a minha doença." O doutor Edílson falou que Vítor tinha uma doença rara, só em muitos milhares de bebês que nascem aparecia um caso assim. Mas que ele estava bem, que os remédios controlavam direitinho os problemas que a doença trazia. E, no futuro, quem sabe não aparece um remédio especial que cure todo mundo?

Vítor quis saber de onde vinha a doença dele, e o doutor explicou que era um tipo de doença que vinha de longe, de outra geração. Então ele quis saber o que era geração, e o médico explicou que eram os antepassados de uma pessoa, os avós, bisavós...

Daí Vítor perguntou o que vinha antes dos bisavós, e o médico disse trisavós. E antes de trisavós? Tetravós, quer dizer, os avós dos avós. E antes de tetravós? Aí, o doutor Edílson confessou que não sabia, e ainda comentou com a tia Rita:

— Esse garoto é muito esperto, ele vai longe!

Será que o doutor quis dizer que Vítor seria astronauta, viajaria por milhares de quilômetros até ver a Terra lá de cima? Ou comandante de navio, espiando o horizonte sem fim lá da cabine de comando? Ou um médico que descobriria um remédio que curasse a doença dele?

Pensando bem... O que ele queria mesmo era ser feliz!

## X. Felicidade

"Mas, afinal, o que é ser feliz?", Vítor perguntou a si mesmo.

— Ora, companheiro — respondeu a voz. — Acho que para você felicidade é ter um lar, uma família. Coisa que, aliás, é um direito de toda criança, não é? Porque nenhuma criança pede para nascer. Veja o seu caso.

— Você gosta de pôr o dedo na ferida, hein? — respondeu o garoto, meio zangado.

Mas a voz tinha razão: não seria maravilhoso se a mãe dele tivesse ficado feliz quando soube que estava esperando um bebê? E que amasse aquele bebê ainda dentro da barriga dela, até ele nascer? Ele, que era o tal bebê, com certeza saberia que era amado e desejado.

— É enfrentando nossos piores medos que a gente cresce — disse a voz. — Sua mãe pelo jeito não ficou muito feliz com a gravidez. E, assim que pôde, largou você lá na calçada dentro de uma caixa de papelão. E você precisa encarar essa realidade, queira ou não.

— Eu nunca vou me conformar com isso, tá sabendo? — reagiu Vítor. — Porque, por mais que eu pense, não consigo entender: como uma pessoa, mãe ou não, larga um bebê na rua, de madrugada, sozinho?

E se chovesse? E se passasse um cachorro bravo? E se um carro subisse na calçada e atropelasse a caixa? Precisa ter um coração muito duro para fazer uma coisa dessas...

A voz apressou-se a responder:

— Não julgue a sua mãe, Vítor. Ela devia estar muito desesperada para fazer isso. Talvez ainda fosse uma criança, a gente vê tanta adolescente grávida por aí... Ainda existe muito amor no mundo, pode crer.

Vítor ignorou o último comentário e rebateu:

— Na escola tem mesmo muita adolescente grávida. Mas quem garante que a minha mãe era criança?

A voz pensou um pouco antes de responder:

— É, você tem razão. Ninguém pode saber que idade a sua mãe tinha, nem se foi ela mesma quem largou você na calçada.

— Mas se não foi ela, ela podia ter me defendido, não é? — continuou o garoto, revoltado. — Até os bichinhos defendem seus filhotes. Você viu quando a gata aqui do abrigo deu cria? A gente nem podia chegar perto dela e dos gatinhos.

— Lembra o que eu falei, Vítor? Que ainda existe muito amor no mundo? Imagine que logo alguém muito especial vai adotar você.

— E se não aparecer esse alguém especial? — insistiu o garoto, já meio cansado daquela história. — Até quando eu vou ficar aqui no abrigo de menores?

— Até você completar dezoito anos, você sabe disso — falou a voz. — Depois você sai pra esse mundo de Deus...

— Sozinho? — O garoto arregalou os olhos. — Sozinho, você quer dizer? E o que eu vou fazer sozinho no mundo?

— Ora, Vítor, quando você tiver dezoito anos, já vai ter acabado o ensino médio, então poderá arrumar um emprego e se virar muito bem. Logo mais vai conhecer uma boa moça, casar, ter seus próprios filhos, ter a família com a qual você sempre sonhou — consolou a voz.

— Mas se eu ainda nem aprendi a ser filho, como vou ser pai? Eu sou criança, quero ter pai e mãe, quero aprender como a gente vive numa família.

— Você tem toda a razão. Mas ainda falta bastante tempo para você ter dezoito anos, não é hora de pensar nisso.

## XI. Vítor não é o único

Não era apenas Vítor que sonhava com uma família lá no abrigo. O problema era que a maioria das crianças que estavam lá tinha pais conhecidos, vivos. Alguns pais perderam a guarda dos filhos por maus-tratos, mas havia também quem a tivesse perdido por falta de condições de criá-los. Outras crianças do abrigo eram órfãs ou tinham pais desconhecidos, como Vítor.

Um caso especial era o de três irmãos cuja mãe morrera. O pai fora embora para não se sabe onde, e os avós não tinham condição de criá-los. Eram o Mário, de cinco anos; a Mariana, de três; e a caçula, a Márcia, de um ano e meio. A Márcia tinha muitas chances de ser adotada, porque havia uma grande procura por bebês. A lei, porém, recomendava que irmãos não fossem separados: ou o casal adotava os três, ou nenhum. Aí a coisa complicava, porque seria bastante difícil conseguir um lar adotivo para os três ao mesmo tempo. E, quanto mais eles cresciam, mais a possibilidade de adoção ia ficando remota.

— Eu queria estar bem de vida para poder adotar você, Vítor — dizia tia Rita. — E aí eu adotaria também o Mário, a Mariana e a Márcia. Eles são uma graça. Mas com cinco filhos para criar e um marido que vive desempregado, já me dou por feliz de ninguém passar fome lá em casa.

— Ah, eu ia gostar muito se a senhora me adotasse — reagiu Vítor, todo empolgado. — E ia dar certinho com o meu sonho de ter irmãos. Quem sabe a senhora não ganha na loteria?

— Olha, é mais fácil um boi voar — disse tia Rita rindo. — Eu só ganho dinheiro trabalhando duro, e olhe lá...

— Tia Rita, o que ia deixar a senhora bem feliz? — quis saber Vítor, ainda com a ideia de felicidade na cabeça.

Rita nem precisou pensar. Felicidade, para ela, era ter os filhos todos com saúde, comendo com fartura. Mas para isso o marido dela precisava arrumar um emprego, coisa que estava ficando difícil de acontecer, principalmente com alguém de quarenta anos. Pensam que a pessoa já é velha, e ninguém quer mais dar emprego. E olhe que o marido dela era um homem honesto, trabalhador — só não tinha era sorte. Entrava numa firma, o patrão falia, ia todo mundo para a rua.

"Então será que a felicidade depende apenas de a pessoa ter dinheiro?", pensou Vítor. "Ah, mas se fosse só isso, então as pessoas ricas seriam as mais felizes do mundo..." E ele sabia que não era bem assim, tinha gente rica cheia de problemas, ele via nas novelas que os funcionários assistiam na televisão. Ele dava uma espiada de vez em quando.

Será que felicidade é ser famoso? Mas não tinha também gente famosa que se queixava de não poder nem sair nas ruas, fazer compras no supermercado, porque havia sempre um batalhão de fotógrafos atrás? A pessoa ficava famosa e depois precisava sair escondida, ou com um monte de guarda-costas para se proteger até de sequestro.

Se riqueza e fama também não são garantia de felicidade, o que é? Para Vítor, com certeza, era ser amado. Então, será que felicidade é ter amor?

## XII. Tristeza

Na escola, havia uns colegas maldosos, que toda hora ficavam rindo das crianças que viviam nos abrigos porque não tinham pais. Cochichavam uns com os outros:

— Lá vai a coitadinha da criancinha sem pai nem mãe...

A voz estimulava:

— Vai lá, Vítor, enfrente os caras, eles não têm o direito de ofender os outros desse jeito.

Um dia, estimulado pela voz, Vítor foi falar com os tais colegas no pátio, na hora do recreio:

— Olha, vocês estão muito enganados: todo mundo tem pai e mãe, ninguém nasce feito planta, de uma semente que o vento traz, ou feito os insetos, como a gente aprendeu. Acontece que os pais às vezes não podem cuidar dos filhos, ou então morrem, tão sabendo? Aqui mesmo na escola não tem criança que nem conhece o pai?

— Agora você me ofendeu — reagiu um colega. E se entregou:

— Eu não tenho culpa de não saber quem é o meu pai. Mas quando eu crescer, cara, eu vou querer um exame de DNA.

— Mas pra isso você vai ter de encontrar o seu pai, né? — completou outro garoto. — Aí é que a coisa pega.

— Olha, gente — interveio Vítor —, ninguém tem culpa de não saber quem é o seu pai. Nem eu de ter sido abandonado na rua. Mas a gente tem de ter respeito um pelo outro, tá sabendo?

Eles ficaram olhando para Vítor sem dizer nada. Mas nem por isso pararam com os cochichos. Criança também sabe ser cruel quando quer. Vítor ficava triste com isso, mas o que ele podia fazer? Se já era assim agora, imagine como seria enfrentar o tal mundão de Deus, como falava a voz, quando ele se visse sozinho...

Mas como ainda faltava muito tempo para isso acontecer, achou melhor não se preocupar demais antes da hora. Era melhor ficar com os seus sonhos, que lhe davam alegria. Ainda mais que agora ele já aprendera a ler e a escrever. Na escola havia uma biblioteca onde podia pegar livros emprestados e levar para ler lá no abrigo.

Nos livros, Vítor embarcava junto com os personagens em todas as aventuras. Descobriu, admirado, que toda pessoa, assim como ele, tem algum sonho e que o sonho não cai do céu como chuva. É preciso empenhar-se e ter força de vontade para realizá-lo. Só que alguns sonhos eram mais difíceis, não dependiam apenas da vontade — dependiam também da sorte. Seu caso, por exemplo: seu sonho era como uma estrada de mão dupla: esperava ardentemente uma família, mas precisava existir uma família que também esperasse ardentemente por alguém como ele.

E a coisa complicava ainda mais por causa de sua doença. Será que, neste mundão de Deus, não existiria uma única pessoa capaz de amá-lo e querê-lo como filho?

Havia livros cujas histórias sempre acabavam bem. Tudo se resolvia no último capítulo, como se fosse mesmo uma novela de televisão: parentes que não se viam há tempos se encontravam; casais se apaixonavam; crianças perdidas eram achadas pelos pais.

As histórias de que ele mais gostava, porém, eram aquelas com um final aberto, que deixavam a imaginação do leitor dizer o que iria acontecer. E gostava mais das histórias tristes do que das alegres, daquelas que o faziam chorar de emoção, porque elas se pareciam com sua própria história. Quanto mais o personagem do livro sofria, mais ele se empolgava. Ele e a voz.

Que prazer Vítor encontrou nos livros! Era um dos alunos mais assíduos na biblioteca da escola. Devolvia um livro, já pegava outro. E a bibliotecária até lhe mostrava quando chegava alguma novidade.

Que coisa boa saber ler!

## XIII. O concurso

Como lia muito, Vítor também escrevia bem. Fazia redações que eram elogiadas pela professora. Um dia ela até falou que Vítor levava jeito para ser escritor. Puxa, ele nunca havia pensado nisso! Vivendo lá no abrigo, sabia de muita coisa que daria uma porção de histórias.

Escrever também dava um prazer enorme! Tanto que, quando a professora anunciou que haveria um concurso na escola, Vítor ficou muito interessado.

O concurso era assim: os alunos deveriam escrever uma história, e a história vencedora competiria com as histórias vencedoras de outras escolas. O prêmio para o autor do texto que ficasse em primeiro lugar era uma viagem pelo país.

Vítor ficou entusiasmado: aquilo era um baita desafio, e ele gostava disso. Tinha um mês para escrever a história. Nos dias que se seguiram, não pensou em outra coisa: acordava e dormia com isso na cabeça. Até que um dia, tomando banho, a água correndo por seu corpo, a voz lhe deu uma ideia tão legal que ele até se esqueceu de sair do chuveiro e quase virou um camarão cozido.

No dia seguinte, com aquela boa ideia na cabeça, Vítor pôs mãos à obra depois das aulas. A história podia ser entregue manuscrita, mas como ele já sabia digitar, porque tinha aprendido no computador da escola, foi até a salinha onde ficavam os computadores e fez um trabalho muito benfeito: escreveu, deletou, escreveu novamente e por fim imprimiu. Agora era só dar mais uma lida para corrigir algum erro de digitação e imprimir novamente.

Vítor perdeu até o sono sonhando com o concurso. Puxa, se ele fosse o vencedor, poderia viajar pelo Brasil, conhecer novos lugares e pessoas, como se fosse um comandante de navio, mas em terra firme.

Que coisa boa seria ganhar esse concurso!

## XIV. A história

Era uma vez um rei poderoso que vivia num grande palácio cheio de quartos que estavam sempre vazios. O rei e a rainha queriam muito ter filhos, mas nunca que isso acontecia, para desespero da gente do reino, porque, se o rei morresse sem um príncipe herdeiro, seria uma confusão.

Um dia, quando a rainha estava sentada embaixo de uma árvore, no jardim do palácio, ela começou a se lamentar:

— Puxa vida, eu quero tanto ter um filho ou uma filha. Eu amaria essa criança de todo o meu coração, mesmo antes de ela nascer. Quando ela nascesse, seria a criança mais feliz do mundo, porque teria sido desejada e amada. Como eu quero ser mãe!

Nesse instante, vários anjos que passavam por cima do palácio ouviram o pedido da rainha. Eles se comoveram e disseram em coro: "Amém!".

Nesse instante, a rainha ouviu um choro agudo que vinha da porta do palácio. Ela correu para ver o que era e deu com um bebê dentro de uma caixa de papelão. O bebê berrava tanto que parecia um torcedor de futebol nas arquibancadas em final de campeonato.

— Ah, coitadinho, você deve estar com fome! — disse a rainha e, pegando o bebê, o levou para dentro do palácio.

Ainda não tinha sido inventado o leite em pó para bebê, mas, por sorte, uma empregada do palácio estava amamentando o filho dela. Então, a rainha pediu, por favor, que a moça também amamentasse aquele outro bebê que ela achara na porta do palácio. Aproveitou e pediu também que não contasse aquilo para ninguém, porque dali em diante aquele bebê, que era um menino, ia ser o herdeiro do trono.

O menino cresceu feliz porque era muito amado. O rei e a rainha eram muito carinhosos com ele e nunca lhe deram nenhuma palmada. Era tudo na base do diálogo. Mas não tiveram muito trabalho, porque o príncipe era bonzinho, todo mundo gostava dele, tanto no palácio como na escola pública onde ele estudava junto com as outras crianças do reino.

Um dia, quando o príncipe tinha dez anos, ele ouviu os funcio-

nários do palácio cochichando: haviam chegado três novas crianças lá no abrigo da cidade, para onde iam as crianças que ficavam órfãs, as que eram maltratadas pelos pais ou então as que eram abandonadas nas ruas do reino.

Os pais dessas três crianças tinham morrido quando a casa deles desmoronou por causa das chuvas. Era uma merreca de casa, como as dos dois porquinhos, que, quando o lobo bufava e soprava, vinham abaixo. Sorte que, nesse dia, as crianças estavam com um vizinho que tinha feito uma casa de tijolos bem forte, como a do porquinho sabido que o lobo cansou de bufar e assoprar e neca de piteca, ele ficou com cara de bobo, porque a casa não caiu e o porquinho lá dentro ria que ria.

Até apareceu gente para adotar uma das crianças que ainda era um bebê, mas não deixaram: tinha de adotar os três de uma vez, para não separar os irmãos. Aí a coisa complicou, porque levar três crianças era demais para muita gente. Então os irmãos foram ficando lá no abrigo... E quanto mais tempo ficassem, mais difícil seria conseguir um lar para eles, porque todo mundo queria bebê, e bebê cresce rápido.

O príncipe ficou curioso e quis conhecer os três irmãos órfãos. E lá foi ele para o abrigo do reino. O mais velho dos três era o Mário, de cinco anos; depois vinha a Mariana, de três; e por último o bebê, a Márcia, de um ano e meio. O príncipe, que se chamava Pedro, ficou apaixonado pelas crianças e decidiu que eles seriam seus irmãos.

Então foi falar com o rei e com a rainha. A rainha achou a ideia ótima, porque ela sempre quis ter vários filhos, e um filho único era pouco. E ainda por cima tinha tanto quarto vazio no palácio...

O rei disse que não. Já imaginou se a notícia corresse o reino? Todo mundo, dando alguma desculpa, iria deixar os filhos na porta do palácio. E pensariam assim: "meus filhos, sendo criados como príncipes, vão me agradecer no futuro...".

— Nossa, pai — disse o príncipe Pedro. — Nesse caso então ninguém amaria os filhos? Acho difícil que quem amasse seus filhos de verdade, mesmo sabendo que eles virariam príncipes, fizesse isso que o senhor disse.

—Vá por mim — disse o rei. — Tenho mais experiência do que você. É minha decisão e pronto.

— Não foi isso que você pensou quando o Pedro chegou — reclamou a rainha. — Lembra como você ficou feliz?

Pedro, que era muito inteligente, estranhou o jeito de falar da rainha:

— Quando eu cheguei, mãe? Ué, criança nasce, não chega. Até parece que eu vim de viagem...

— Modo de falar, meu filho — disse o rei, olhando feio para a rainha. — Agora trate de estudar, senão você não passa de ano. E filho de rei precisa dar o exemplo para as outras crianças lá da escola.

—Tá legal — disse Pedro, e foi estudar.

Mas ele não estava nada feliz. Tadinhos dos três irmãos, nunca que nunca iam achar um lar para eles. Iam crescer e crescer até terem dezoito anos e saírem do abrigo para este mundão de Deus. Bom, pelo menos não estariam sozinhos.

Foi então, quando o príncipe estava fazendo a lição de casa, que a empregada que o havia amamentado apareceu de repente e disse:

— O senhor me desculpe, seu príncipe, mas eu ouvi toda a sua conversa com o rei. Ele está sendo injusto, porque tem duas caras: diz uma coisa, mas manda fazer outra.

— Como você se atreve a falar mal do rei, meu pai? — reagiu o príncipe.

Mas ficou curioso, porque a empregada era muito leal e amiga. E quis saber por que ela estava dizendo aquilo. Ela então mandou que ele fosse perguntar para a rainha.

O príncipe foi falar com a rainha. Disse que a empregada tinha vindo com uma conversa muito esquisita de o rei ter duas caras e perguntou se ela sabia do que a outra estava falando. A rainha disfarçou e prometeu conversar com o rei sobre os três irmãos.

Pedro nunca soube o que foi que a mãe conversou com o pai. Mas ficou muito contente quando o rei finalmente concordou em adotar o Mário, a Mariana e a Márcia, que também viraram príncipe e princesas.

E como ainda havia muitos quartos vazios naquele imenso palácio, ninguém sabia o que podia acontecer. Se as outras crianças do

abrigo também iam querer se mudar para lá. Sem falar da fila que começou a se formar em volta do jardim real, enquanto o rei só ficava repetindo:
— Eu não disse? Eu não disse?...

## XV. Surpresa!

Cada vez mais entusiasmado com o concurso, Vítor resolveu reler a história e corrigi-la se fosse necessário, para que ela ficasse ainda melhor. No dia seguinte, na escola, ligou o computador, abriu o arquivo e começou a relê-lo. Qual não foi sua surpresa quando leu uma coisa bem diferente do que havia escrito. O final tinha ficado assim:

O príncipe foi falar com a rainha. Disse que a empregada tinha vindo com uma conversa meio esquisita de o rei ter duas caras e perguntou se ela sabia do que a outra estava falando.

A rainha então falou que Vítor já era um rapazinho e podia entender o que ela ia contar: ele não era filho da barriga dela, mas filho do coração, porque fora deixado ainda bebê na porta do palácio, e ela e o rei o adotaram.

Eles o amavam muito, como se fosse mesmo um filho biológico, porque não basta gerar e ter um filho, disse a rainha; é preciso cuidar bem dele, protegê-lo, amá-lo, vê-lo crescer, ensinar-lhe coisas boas. E até foi bom que tivesse surgido a oportunidade de ela contar a verdade, porque era melhor ele saber de tudo por alguém que o amava de todo o coração, do que saber de repente por alguma outra pessoa, o que lhe causaria uma grande mágoa.

— E será que foi a minha mãe quem me deixou na porta do palácio? — perguntou o príncipe Pedro, chocado com a revelação.

— Isso eu não sei, meu filho — disse a rainha. — Eu até tentei descobrir, porque sabia que um dia você ia querer saber. Mas a pessoa que deixou você na porta do palácio sumiu no mundo, sem deixar nenhuma pista.

A rainha tinha os olhos cheios de lágrimas. Pedro então se deu conta de como era feliz, cercado de todo carinho e cuidado que uma criança merece ter. Num impulso, jogou-se no colo da rainha, que o abraçou, dizendo:

— Amamos muito você, Pedro, nunca se esqueça disso. Você é e sempre será nosso filho adorado.

O rei ficou sabendo da revelação. Daí concordou em adotar o Mário, a Mariana e a Márcia, que também viraram príncipe e princesas e encheram de alegria os velhos corredores do palácio.

E como ainda havia muitos quartos vazios naquele imenso palácio, ninguém sabia o que podia acontecer. Se as outras crianças do abrigo também iam querer se mudar para lá. Sem falar da fila que começou a se formar em volta do jardim real, enquanto o rei só ficava repetindo:

— Eu não disse? Eu não disse?...

Embaixo da história modificada, havia um recado:
"Oi, Vítor. Mudei o final da sua história porque achei o Pedro meio babaca. Depois de todas as dicas, ele não percebeu nada? Desse jeito, o reino ia ficar muito malservido no futuro, com um rei tão bobo assim, concorda?"

## XVI. Mais surpresa!

Vítor ficou indignado. Quem seria o atrevido que mexera na sua história? Ele tinha certeza de que, depois de imprimir o texto, fechara o arquivo e desligara o computador.

Imprimiu a segunda versão da história para ter uma prova da intromissão. Daí teve uma ideia: pediu à professora Denise, aquela que contava histórias lindas, que lesse os dois textos, com a desculpa de que estava indeciso sobre qual deles era o melhor. Mas não falou, claro, do misterioso colaborador.

Para sua surpresa, a professora gostou mais da segunda versão. Disse que o ideal mesmo, desde que a criança já tenha idade para entender, é contar a ela que foi adotada, que ela é um filho do coração e não da barriga, exatamente como a rainha tinha feito. Isso porque a adoção é um ato de amor muito grande: aceita a criança de forma integral, não importando quem sejam seus pais biológicos nem seu histórico de vida.

Vítor não ficou muito convencido. Voltou ao computador e também deixou um recado:

"Oi, cara. Não sei quem você é, mas sei que você é muito intrometido, sabia? Mexeu na minha história sem a minha ordem, e isso não se faz. Tudo bem, a professora Denise achou o seu final mais legal, só que eu ainda estou em dúvida. Mas, por favor, me diga: quem é você?"

Vítor nem dormiu direito naquela noite. Será que o cara misterioso responderia? E quem seria ele? A própria professora? Não podia ser, ela era tão certinha, nunca faria uma coisa dessas. Um colega enxerido que tinha resolvido pegar carona na história dele? Mas, quem quer que fosse, não ia se entregar de bandeja, não é?

E como Vítor faria para descobrir quem era o intrometido? Ele até perguntou à voz se tinha sido ela quem mexera no texto. Mas, dessa vez, incompreensivelmente, ela ficou calada.

## XVII. O mistério continua...

Vítor ficou rolando na cama até o dia amanhecer e os pássaros começarem a cantar lá fora. Não via a hora de chegar à escola e ligar o computador.

Depois das aulas, encontrou a resposta esperada:

"Oi, Vítor. Quem eu sou não importa. Na hora certa, eu conto. Vá por mim, o final da minha história é melhor. Se você duvida, leve as duas para o doutor Edílson ler. Daí você decide qual história manda para o concurso."

Vítor, num impulso, digitou em seguida:

"Não estou gostando nada disso. A voz não quer mais falar comigo, e como é que você conhece o doutor Edílson?"

Em resposta, letras imediatamente foram surgindo diante de Vítor, formando uma frase:

"Deixa pra lá. Leve as duas histórias para ele, como eu disse, depois a gente se fala. Confie, amigão."

Justamente naquela semana, Vítor tinha consulta com o médico. Então perguntou se o doutor Edílson podia dar sua opinião sobre qual das histórias era melhor. O doutor aceitou ler, mandou tirar cópia e devolveu os originais ao garoto, dizendo que leria com calma. Ainda bem que faltavam vários dias até a entrega da história para o concurso, então Vítor podia esperar.

Por via das dúvidas, evitou ligar o computador. Andava meio desconfiado de que algum colega estivesse lhe pregando uma peça. Mas, por mais que investigasse, não descobriu nada. E, sondando a professora Denise, ela lhe garantiu que o computador que ele tinha usado era bem antigo, não havia nenhum programa de bate-papo instalado ou coisa parecida.

Dias depois, Vítor voltou ao hospital para fazer exames. Surpreso, viu o doutor Edílson aparecer na sala de espera acompanhado de um rapaz magro e simpático.

— Vítor, este é o Gilberto, meu melhor amigo. Nós crescemos juntos, temos até um time de futebol com antigos colegas de escola e de bairro.

— Oi, Vítor. — Gilberto estendeu a mão. — O Edílson só esqueceu de contar que ele é o goleiro do time, e isso porque é o maior perna de pau aqui do bairro...

— Mas é um bom médico — garantiu o garoto.

— Não ligue para o Gilberto, ele é muito brincalhão — disse o doutor Edílson. — Acontece que ele é escritor. Por isso tomei a liberdade de mostrar a ele as duas versões da sua história, tudo bem?

— Que legal! — exclamou Vítor, entusiasmado. — Eu sempre quis conhecer um escritor de verdade.

— E eu fiz questão de conhecer o meu colega tão criativo — concluiu Gilberto, sorrindo.

— De qual história você gostou mais, Gilberto? — perguntou o garoto, curioso.

— Veja bem — disse o escritor —, cada história tem um final diferente. Na primeira versão, o príncipe Pedro é um garoto inocente e crédulo que se deixa enganar com facilidade. Na segunda versão, ele é esperto, curioso, alguém que deseja saber a verdade. E você ainda tem a possibilidade de escrever muitas outras versões.

— Isso quer dizer que, quando o escritor cria um personagem, ele pode fazer esse personagem agir como ele quiser?

— É mais complicado do que isso. — Gilberto sentou-se ao lado de Vítor. — Você criou o Pedro, um bebê abandonado na porta do palácio que foi adotado pelo rei e pela rainha e tornou-se o príncipe herdeiro do trono. De repente, algo perturba a existência tranquila do menino: ele descobre que não é o filho biológico dos seus supostos pais.
— Já entendi. Então eu posso fazer tanto um Pedro boboca quanto um Pedro sabido, é isso?
— Em termos — concluiu Gilberto. — Às vezes a história chega a um ponto, isso se ela for boa de verdade, em que mesmo o escritor tendo inventado o personagem, ele cria vida própria. Daí o escritor tem de tomar uma atitude corajosa: deixar o personagem fazer o que ele quiser da sua própria vida, entende? Então, meu conselho é que você volte à história e dê total liberdade ao Pedro. Ele é que vai decidir se quer ou não saber que foi um bebê abandonado e adotado pelo rei e pela rainha.

Vítor concordou com a sugestão. No dia seguinte, assim que pôde, ligou o computador, abriu o arquivo e disse em voz alta:

— Vai, Pedro, manda ver. Você decide o que quer da sua vida.

## XVIII. Pedro resolve

Pedro entendeu o recado, e o final da história ficou assim:

O príncipe foi falar com a rainha. Disse que a empregada tinha vindo com uma conversa muito esquisita de o rei ter duas caras e perguntou se ela sabia do que a outra estava falando.

A rainha disfarçou e prometeu conversar com o rei sobre as crianças que ficaram órfãs.

Pedro, porém, desconfiado de que havia caroço naquele angu, escondeu-se atrás das cortinas do salão real e ouviu toda a conversa da rainha com o rei.

— Lembra-se daquele dia feliz em que eu encontrei o Pedro ainda bebê numa caixa de papelão aqui na porta do palácio? — perguntou a rainha.

— Como eu iria me esquecer desse abençoado dia, minha querida? — respondeu o rei. — Além de ganhar um filho adorável, resolvi o problema do herdeiro para o trono. Pedro será um bom rei no futuro, não acha?

— O melhor depois de você, meu querido — elogiou a rainha.

— Foi mesmo um presente dos céus, como se os anjos tivessem ouvido minhas preces. Nosso filho é inteligente, bondoso, teve uma excelente educação. Tem tudo para ser um rei justo e querido pelo povo. Então, meu marido, por que não dar a mesma chance aos três irmãos, como quer o Pedro?

O rei ficou em silêncio, meditando sobre as palavras da rainha. Daí falou comovido:

— Você tem razão, minha querida. Este palácio é tão grande, tem tantos quartos vazios. Vai ser uma alegria ver a criançada correndo por esses velhos corredores.

Atrás das cortinas, Pedro chorava baixinho, tanto de tristeza como de alegria. De tristeza, por saber que um dia fora abandonado; de alegria, por ter sido acolhido e amado pelo rei e pela rainha, eles, sim, seus verdadeiros pais.

Foi assim que Mário, Mariana e Márcia se tornaram príncipe e princesas também. E como ainda havia muitos quartos vazios naquele imenso palácio, ninguém sabia o que poderia acontecer. Para evitar filas em volta do jardim real, o rei decidiu que quem já tivesse muitos filhos e estivesse sem condições de criá-los seria ajudado para que não precisasse abandoná-los por aí; quem ainda não tivesse filhos, ficaria sabendo qual era a hora certa de tê-los, e quantos teria condições de criar e educar. Assim, pensava o rei, as crianças do reino seriam amadas e protegidas, como toda criança tem o direito de ser.

O tempo passou. Quando Pedro fez dezoito anos, o rei lhe disse:

— Este reino precisa de sangue novo, meu filho, e você já é homem-feito e bem preparado. Passo a coroa para você. Cuide bem do nosso povo.

O rei Pedro casou-se com uma princesa muito generosa, que se tornou uma verdadeira mãe para as crianças do reino. Eles tiveram uma filha, que, por sua vez, se tornou herdeira do trono. A princesinha vivia no colo do avô coruja, enquanto a avó recomendava:

— Não mime demais essa menina. Ela precisa crescer muito bem-educada para ser uma rainha boa e justa.

E foram todos muito felizes, porque na vida o mais importante mesmo é ser feliz.

Um dia depois, logo abaixo da terceira versão, Vítor encontrou o seguinte recado:

"Gostei. Agora ficou dez. Mande esta para o concurso, amigão. E boa sorte!"

## XIX. Ganhar ou perder

Vítor seguiu o conselho e, depois de imprimir a terceira versão da história, mandou-a para o concurso. Daí ficou esperando, ansioso, o resultado.

Enquanto isso, a amizade entre ele e o escritor ia de vento em popa, como aquelas lindas pipas que ele sonhava construir. Isso porque Gilberto, depois de conhecer Vítor, resolveu se tornar voluntário no abrigo de menores onde o menino tinha crescido. Como era um autor de literatura infantil, ele, melhor do que ninguém, sabia como contar e inventar boas histórias para a criançada. Além disso, Gilberto levou ao abrigo os livros que ele tinha escrito para distribuir aos que já sabiam ler.

Em pouco tempo, o escritor tornou-se uma figura querida no abrigo. Geralmente aparecia nos horários em que Vítor também estava lá, para ver o garoto.

Então, a voz, surpreendentemente, voltou a se comunicar. Cada vez que Gilberto aparecia, ela falava:

— Sabe que eu gosto dele? Ele leva jeito.

— Jeito pra quê? — perguntava Vítor, curioso.

— Você faz perguntas demais — dizia a voz. — Espere e verá.

Certo dia, quando Vítor chegou à escola, deu com o resultado do concurso afixado no quadro de avisos: o ganhador do prêmio tinha sido o Maurício, seu colega de classe, garoto maneiro que fazia redações elogiadas pelos professores.

Vítor ficou parado, tomado pela decepção. Puxa vida, sua história era tão boa, ainda mais naquela terceira versão, feita pelo próprio personagem. Que pena que ele não ganhou o concurso... Seria tão legal!

A professora Denise aproximou-se dele e, notando seu desapontamento, tentou animá-lo:

— Não fique triste, Vítor, sua história também é muito boa. Ficou inclusive entre as finalistas. O problema é que só era possível escolher uma e, no entender do júri, a do Maurício foi a melhor.

— Tudo bem, professora. Fiquei triste de perder, mas contente de o Maurício ser o vencedor. Ele é o meu melhor amigo aqui na escola.

— Legal isso, Vítor, mostra que você tem um coração generoso. Lembra quando os alunos montaram aquele quebra-cabeça de mais de mil peças no ano passado?

— Claro que lembro! Ficou faltando um pedacinho, que, depois de muito procurar, a gente achou embaixo da mesa, e aí o quebra-cabeça ficou completo. Ele era tão lindo!

— É isso aí, Vítor. As pessoas são como partes de um gigantesco quebra-cabeça. Todas têm um lugar no mundo e são igualmente importantes: desde o maior até o menor pedaço.

— Acho que eu sou um pedacinho meio quebrado, porque vivo doente — disse Vítor.

— Isso não importa, ninguém é perfeito. Veja bem: tem gente que tem pressão alta, diabetes, pedra nos rins, problema no coração e por aí vai... Em algum momento da vida, com raras exceções, todo mundo vai ter algum problema de saúde. Então, mesmo assim, o importante é a pessoa ter fé e esperança, e fazer sempre o melhor. Ganhar ou perder também faz parte do jogo da vida.

— O doutor Edílson disse que minha doença veio lá de trás, de outras gerações. O meu desejo é que algum médico descubra um remédio que me cure e também cure todas as outras crianças que sofrem dessa doença.

— Isso mesmo, Vítor, a gente não pode desistir. Deixa eu contar uma história para você: antigamente, muitas crianças tinham poliomielite, mais conhecida como paralisia infantil. Naquele tempo, não existia vacina como agora. As crianças que não morriam precisavam fazer uma porção de operações ou usar aparelhos ortopédicos pesados. Hoje, felizmente, com a vacinação das crianças, a poliomielite está erradicada, pelo menos no Brasil. Quem sabe um dia desses algum cientista descubra a cura da sua doença, como você tanto deseja? Enquanto isso, continue desenhando e escrevendo lindas histórias...

— Isso eu vou continuar fazendo, sim. Quem sabe quando eu crescer eu vire um escritor como o Gilberto.

Denise, curiosa, quis saber quem era Gilberto. Ficou surpresa, porque conhecia os livros dele. Achou ótimo que Vítor tivesse encontrado um amigo tão legal e sensível como o escritor parecia ser.

## XX. Novidades

Certo dia, quando visitava o abrigo, Gilberto falou de repente:

— Vítor, faz tempo que eu quero ter um filho, sabe? Um garoto inteligente e especial, assim como você. Deve ter uma fila enorme de gente querendo adotar você, mas eu pensei muito e acho que vou me candidatar a ser seu pai adotivo. O que você acha?

Vítor arregalou os olhos de espanto. Então a voz falou:

— Pergunta pra ele.

E Vítor perguntou:

— Você sabe fazer pipa?

— Se eu sei fazer pipa? — disse o outro, rindo. — Você está olhando para o campeão de pipa do meu bairro, e isso desde que eu era garoto.

E a voz continuou sugerindo as perguntas...

— E você tem uma casa bem firme, como a do porquinho sabido, que nem chuva derruba?

— Bom, eu moro em um apartamento. O prédio é antigo, mas parece bem firme. Tem até para-raios lá no terraço. Se não caiu até agora, acho que aguenta mais uma pessoa. E aqui no Brasil, que eu saiba, terremoto graças a Deus não tem.

— E você tem cachorro? — Vítor continuou o interrogatório.

— Tenho um gato chamado Tomás, um vira-lata que encontrei na rua, mas que é vacinado e sabido como ele só.

Vítor respirou fundo e, aconselhado pela voz, fez a pergunta fundamental:

— E você é casado ou solteiro? Porque eu quero ter pai, mas o que eu quero mais ainda é ter mãe!

Gilberto foi franco:

— Olha, Vítor, eu sou solteiro, ainda não encontrei a mulher da minha vida, a outra metade da maçã, entende? Por enquanto seremos eu e você. E como trabalho em casa e você já é um garotão, acho que nós dois podemos nos dar muito bem.

— Tá legal — concordou Vítor. — E eu ajudo você a escolher uma mãe bem maneira para mim.

— Vá com calma, garoto! — pediu o Gilberto. — Não é tão simples assim, porque nessa história de amor é preciso existir um clima, entende? Depois, a gente vai ser um "pacote". Quem me quiser, vai ter de aceitar você também.

— A gente vai ser um "pacote"? Cara, você é mesmo criativo. Pode entrar na fila que, com mãe ou sem mãe, eu dou a maior força. Você cabe direitinho na minha fôrma de pai. É meio magrinho para me carregar nos ombros, mas joga um bolão que eu sei, sabe fazer pipa, e a tia Rita sempre diz que "Quem não tem cão caça com gato".

— Falou, garotão. Amanhã mesmo vou lá na Vara da Infância e Juventude dar entrada no processo de habilitação para adoção.

E a voz concluiu, satisfeita:

— Eu não disse que ele levava jeito?

## XXI. O grande dia

Alguns meses depois dessa conversa, tia Rita falou também, toda contente:

— Eu não disse que o pai especial ia aparecer? Arrume a mala, Vítor, que hoje mesmo você vai para a sua nova casa.

Vítor ficou numa alegria tão grande que, mesmo esperando por ela, era difícil acreditar. Então se jogou chorando nos braços de tia Rita:

— Estou feliz, tão feliz, tão feliz! Mas vou sentir muita falta da senhora.

— Não chore, meu querido — disse tia Rita. — A gente não vai se perder de vista, eu prometo. Você pode ir me visitar na minha casa ou eu vou visitá-lo na sua.

— É isso aí — concordou Gilberto, aproximando-se. — Você será sempre bem-vinda, Rita. E eu vou continuar sendo voluntário aqui no abrigo, porque adorei estar com essas crianças. Vou tentar conseguir uma autorização para que o Vítor venha também.

Ao chegarem ao apartamento, Vítor teve uma surpresa maravilhosa. Os pais de Gilberto, agora seus avós, esperavam por ele e o abraçaram carinhosamente. Havia um cheiro delicioso no ar.

— Venha ver o que eu fiz para você — disse a avó.

Vítor foi seguindo a avó e aquele aroma. Em cima da mesa da cozinha havia um bolo e um pudim.

— Tá vendo como eu não falho? — disse a voz. — Me deu até água na boca!

Vítor agora tinha pai, avós, casa, um quarto só dele e até um computador, não de última geração, mas que funcionava muito bem. Tomás, o gato, não largou mais dele, dormia junto de Vítor, tão fiel quanto um cachorro.

Vítor continuou estudando na mesma escola pública por vários motivos: gostava muito de lá e dos professores, e tinha um grande amigo, o Maurício. E, ainda por cima, o Gilberto não era rico, vivia dos direitos autorais de seus livros e de uns artigos que escrevia como *freelancer* para um jornal.

Logo que Vítor ligou o computador, encontrou o seguinte recado: "Oi, Vítor. Tá com a vida que pediu a Deus, hein, garotão? Quarto só pra você, pai maneiro, avô, avó que faz bolo e pudim, gato que pensa que é cachorro, até computador você ganhou, pô! Você nasceu mesmo virado pra lua, como diz a tia Rita!"

"Ué, como você veio parar aqui?" — digitou Vítor, espantado.

"Ué, parando. Aonde você for, eu vou, camaradinha, tá ligado? Na escola, no quarto, você não se livra fácil de mim, não. E aí, tá feliz?"

"Muito, mas falta meu maior sonho, cara: a minha mãe!"

"Fique ligado, garoto, olhe em volta. Lá na escola há tanta professora, umas bem maneiras. A professora Denise, por exemplo, daria uma mãe de primeira: inteligente, boazinha e ainda por cima bonita. Pra que mais?"

— O Gilberto disse que precisa ter o tal clima, esqueceu? — intrometeu-se a voz.

"Mas você pode dar uma ajudazinha pra esse tal clima, Vítor. Bote esse cérebro pra pensar! — replicaram as palavras no computador, parecendo meio zangadas. — Cabeça não foi feita só pra segurar pescoço, meu!"

— Estou com uma ideia dez na cabeça — disse a voz.

— Tá legal, diga logo essa ideia — pediu Vítor.

A ideia sugerida pela voz era simples e boa, e o garoto dispôs-se a colocá-la em prática.

Certo dia, Vítor aproximou-se da professora Denise e falou:

— Sabe, professora, minha vida mudou muito e pra melhor. Mas o Gilberto, o meu pai, está muito preocupado. Ele perguntou se não podia conversar um pouquinho com você depois das aulas. Tudo bem?

— Claro, Vítor, diga ao seu pai para me procurar na saída das aulas.

Quando Gilberto foi buscar Vítor, naquele carro velho que já pedia outro, Vítor falou a mesma coisa:

— Sabe, pai, a minha vida mudou muito e pra melhor. Mas minha professora, a Denise, está muito preocupada. Ela perguntou se não podia conversar um pouquinho com você depois das aulas.

— Tá legal, Vítor, vamos lá!

Os dois entraram na escola e, enquanto o pai procurava a professora, Vítor ficou de dedos cruzados, aguardando o resultado.

Meia hora depois, Gilberto voltou.

— Tudo em cima, garotão. Você continua o bom aluno de sempre. Não tem problema nenhum, nem aqui nem em casa.

Dentro do carro, Vítor insistiu:

— O que você achou da professora Denise?

— Ótima pessoa — respondeu Gilberto. — Interessada pelo seu bem-estar. Gostei muito dela.

E ficou por isso mesmo.

## XXII. Insistência

Vítor, porém, não desistiu. E, estimulado pela voz que não lhe dava sossego — insistindo o tempo todo que a professora Denise cabia direitinho na fôrma de mãe —, já na semana seguinte, com a maior cara de pau, o garoto repetiu a dose. E lá foi o pai de novo conversar com a professora.

Quando voltaram ao carro, Gilberto virou-se para Vítor e disse, bem sério:

— Estou muito chateado com você, Vítor. Não faça mais isso.

— Isso o quê, pai? Eu não fiz nada.

— Não se faça de desentendido. Passei o maior carão lá com a Denise. Não é desse jeito que você vai arrumar a sua mãe.

— Desculpe, pai, é que a professora Denise é tão legal...

Gilberto então explicou com paciência:

— Meu filho, amor não se impõe, amor acontece. Às vezes, a gente encontra o amor por acaso, às vezes ele surge de uma grande amizade. É tudo misterioso, depende de bater aquele clima do qual eu já falei. Não force a barra. Sabe o que dizem os contos de fadas, Vítor? "Quando chega a hora, chega a hora..."

— Tá legal, pai, já entendi. Vou esperar a hora certa chegar. É que eu quero tanto ter uma mãe...

— Por enquanto você se vira com a vovó, que, sendo minha mãe, é sua mãe duas vezes.

— Puxa, maneiro, eu não tinha pensado nisso.

— Estamos conversados, então, meu filho?

— Estamos, pai — garantiu Vítor.

## XXIII. Decisão

Os meses passaram ligeiro. Vítor e Gilberto deram-se tão bem que a guarda provisória acabou se transformando em definitiva. Gilberto tornou-se o pai adotivo de Vítor. Uma nova certidão de nascimento foi expedida para o garoto, incluindo nela o nome e o sobrenome do pai e também o dos avós.

Gilberto resolveu dar uma festa para comemorar a adoção e autorizou Vítor a fazer sua própria lista de convidados. Feliz da vida, o garoto pôs na lista a tia Rita, com marido e filhos, a professora Denise e, claro, seu melhor amigo na escola, Maurício, e a família dele.

Eles tinham ficado muito unidos com o passar do tempo, pois ambos gostavam muito de ler e de escrever. Maurício era órfão de pai e vivia com a mãe, uma bibliotecária, e duas irmãs menores. Agora era comum Vítor ir estudar na casa de Maurício e vice-versa.

A certa altura da festa, a campainha tocou. Vítor foi atender e deu com Maurício, as duas irmãs e a mãe deles, Luana, que Vítor já tinha visto algumas vezes, quando ela chegava do trabalho e ele estava na casa de Maurício, ou nas reuniões da Associação de Pais e Mestres lá da escola.

Nessa noite, Luana, que vivia sempre numa correria, de casa para o trabalho, do trabalho para casa, havia se produzido toda.

— Nossa, Luana, você está parecendo uma princesa! — elogiou Vítor.

— E quem será o príncipe que vai dançar comigo? — respondeu a moça, lisonjeada com a delicadeza do garoto.

Lá do fundo da sala, Gilberto viu Luana. Aproximou-se, solícito.

— Pai, lembra da Luana, a mãe do Maurício? — falou Vítor.

— A gente já se conhece lá das reuniões da APM da escola — disse Luana, sorrindo e estendendo a mão.

— Ah, sim, claro, mas você está diferente — replicou Gilberto, cumprimentando-a.

— É que hoje é um grande dia e merece uma produção melhor, não é mesmo? — disse Luana.

— Ela não parece uma princesa? — repetiu Vítor.

— Sem dúvida — concordou Gilberto, que parecia encantado com a moça.

Gilberto e Luana conversaram a noite inteira.

Quando a festa acabou, Vítor ligou o computador, e lá estava a mensagem:

"Oi, Vítor, será que bateu o tal clima, amigão?"

"Puxa, você também percebeu? Ia ser dez", concordou Vítor, empolgado. "Eu ia ganhar de uma vez mãe, irmão e irmãs, que é o meu grande sonho."

"Vai nessa, companheiro, que eu acho que sai gol."

"Tomara. Você acha que eu devo falar com o Maurício pra saber o que ele acha do Gilberto?"

— Fale, sim, mas vá devagar, tomando a sopa pelas beiradas, sacomé? Veja se não assusta o garoto, afinal ele já teve pai — rebateu a voz, intrometida.

— Todo mundo tem pai, sua boba, até eu —, disse Vítor.

"E tem mesmo. Seu pai agora é o Gilberto e você teve muita sorte, porque ele é um cara do bem", foram dizendo as letras no computador.

— Se ele não fosse do bem, não deixariam ele adotar o Vítor — interveio a voz. — Pensa que é fácil? Ainda mais o Gilberto sendo solteiro. O pessoal deve ter ficado bem impressionado com a ficha dele.

"Também acho", disseram as letras no computador. "Agora durma, Vítor, que amanhã tem escola bem cedo. Bons sonhos, companheiro. Fui."

## XXIV. Tudo pode acontecer

Pondo em prática o conselho da voz, Vítor sondou Maurício. Por sorte, o amigo também gostou da ideia de Gilberto namorar a mãe dele. Ela andava meio solitária, só saía de casa para ir trabalhar, tinha três filhos sob sua responsabilidade. E era tão jovem e bonita, merecia uma nova chance de ser feliz com um cara legal como o Gilberto parecia ser. E ele também sentia falta de um pai.

— Acontece que o Gilberto disse que a gente agora é um pacote — falou Vítor. — Quem aceitar um tem de aceitar o outro também.

— Se vocês são um pacote, nós somos um pacotão — riu Maurício.

— Eu dou um pouco de trabalho porque sou doente — continuou Vítor.

— Você não viu nada. Se morasse lá em casa ia ver o trabalho que as minhas irmãs dão. Elas são terríveis.

Gilberto, por sua vez, provou que era mesmo o rei das pipas, fazia cada uma mais linda que a outra. Ensinou Vítor, que se tornou um craque nessa arte.

E lá iam eles, nos fins de semana, soltar pipa nos parques públicos, principalmente em dias de vento. Convidavam Maurício para ir junto. Às vezes, até a Luana aparecia com as garotas, que gostavam de passear com o cãozinho de estimação delas, tão levado quanto as duas.

Gilberto também passou a deixar Vítor aos cuidados dos avós uma noite ou outra. Um dia, Vítor ouviu por acaso uma conversa entre eles:

— Você reparou como o Gilberto está com um brilho diferente nos olhos? — disse a avó, muito esperta.

— E ultimamente anda mais bem-vestido — acrescentou o avô. — Até cortou o cabelo. Pra mim, ele está namorando.

— Já não era sem tempo. Achei que nunca fosse ter um neto — continuou a avó. — Ainda bem que ele teve a maravilhosa ideia de adotar o Vítor.

— Que criança adorável... — concordou o avô. — Inteligente, sensível. É uma alegria ter esse garoto com a gente.

— Você disse bem, o Vítor trouxe alegria a esta casa. Tomara que o namoro do Gilberto com a Luana dê certo...

— Luana? Que Luana? — admirou-se o avô.

— Ora, você não notou, lá na festa, o quanto o Gilberto ficou encantado com a Luana, a mãe do Maurício, o amiguinho do Vítor?

— Ah, já sei, aquela moça simpática, mãe das garotinhas-terremoto.

A avó riu:

— Pois se prepare, porque se esse namoro acabar em casamento a gente vai ter quatro netos.

— Beleza, essa criançada correndo aqui pelos corredores... A casa ficou muito grande depois que o Gilberto resolveu morar sozinho.

— Ele já é homem-feito, estava na hora de ter seu próprio canto. E agora que tem um filho então... O nosso neto.

— O nosso neto — repetiu o avô sorrindo.

Nesse instante, Vítor entrou na sala:

— E se a gente pedir uma pizza, vô?

— É pra já, garotão. Depois a gente assiste ao filme que você pediu pra eu tirar na locadora.

— Valeu, vô.

Quando ligou novamente o computador, Vítor leu:

"Oi, Vítor. A coisa vai indo bem, hein? Qualquer dia desses, o Gilberto cria coragem e pede a Luana em casamento."

Vítor apressou-se a escrever:

"Tomara. Até o vô e a vó estão torcendo por isso. Mas a gente nunca tem certeza, né"

"Certeza na vida ninguém tem, mas pode ter esperança. Depois, se não for dessa vez, vai ser outra. Tem tanta mulher no mundo... Alguma vai ser a outra metade da maçã do Gilberto, não acha?"

"Claro que acho! Só sei que não desisto da ideia de ter mãe. Bem que podia ser mesmo a Luana, cara. Daí eu teria até o irmão e as irmãs que sonhei..."

— Só que morar aqui não dá, né? Só dois quartos, eu acho que vai ficar meio apertado — intrometeu-se a voz.

— A gente mora na casa do Maurício, lá tem três quartos. Eu posso dividir um quarto com ele, a gente se dá bem —, replicou Vítor, animado.

— Sendo assim, cabe bem na fôrma da família que você sonhou. Tem até o cachorro, cara — completou a voz, também entusiasmada.

# Segunda parte

# I. O sonho torna-se realidade...
## (e começam os problemas)

Tempos depois...

Ao ver a escova de dente do Gilberto ao lado da escova de dente da Luana, Vítor teve certeza: seu sonho enfim se realizara. Agora tinha uma família grande e morava numa casa confortável. Porém, como ele foi descobrindo aos poucos, o sonho na realidade era bem diferente.

Na mudança, Gilberto também levara o gato Tomás, enquanto os filhos de Luana tinham um cachorro, o Foguete. Os bichos estranharam-se logo de cara. Fazendo jus ao nome, o cachorro não parava de correr atrás do gato, que, em desespero, derrubava tudo o que encontrava pela frente.

Certo dia, a vítima da vez foi o aquário da sala, que virou sobre o carpete, deixando os peixes nadando no seco. Por sorte, Luana, rápida como a Mulher Maravilha, catou uma garrafa de água mineral e jogou a água e os peixes numa tigela, salvando assim os pobrezinhos, que, de dourados, já estavam até mudando de cor.

No apartamento, Tomás dormia no quarto de Vítor; Foguete sempre dormiu no quarto de Maurício. Como agora os garotos dividiam o quarto e os bichos não se davam, os animais foram despejados, o que ocasionou um festival de miados e latidos que puseram em desespero a família e os vizinhos, indignados por não poderem dormir sossegados como antigamente.

A divisão do quarto também não deu muito certo. Vítor era um menino muito ordeiro — no que, aliás, era parecido com o pai: no apartamento de Gilberto havia um lugar certo para guardar cada coisa, e, com isso, a casa estava sempre impecável, organizada. Já na casa de Luana, pelo fato de ela trabalhar fora e viver sempre apressada, cheia de compromissos e horários, e ainda por cima ser, por natureza, uma pessoa desorganizada, não havia lugar para coisa nenhuma.

Maurício era o rei da bagunça. Vítor guardava as roupas usadas no armário e pendurava suas toalhas no banheiro; Maurício deixava tudo jogado no chão, no que era seguido pelas irmãs, o que enlouquecia a empregada da casa, Matilde.

Gilberto era metódico e disciplinado, pois tinha prazo para entregar seus textos à editora e seus artigos ao jornal. No apartamento, ele e Vítor comiam em horários regulares. Quando a empregada faltava, eles mesmos cozinhavam e lavavam a louça, punham a roupa na máquina de lavar.

Luana vivia atrasada, na casa não havia horário para nada, nem para as refeições nem para dormir. Na ausência de Matilde, o negócio era pedir comida pronta, porque ninguém encarava o fogão. A louça, então, acumulava-se na pia. Quando não aguentava mais a bagunça, Gilberto pedia a ajuda de Vítor. E as garotas ainda ficavam zoando...

Vítor tinha ciúme do computador que ganhara do pai. Maurício queria porque queria mexer no computador e deletou sem querer um trabalho que Vítor fizera para a escola. Este pediu para dar uma volta na bicicleta de Maurício, que também morria de ciúme dela. "Santo recomendado é santo quebrado", já dizia a mãe de Gilberto. Foi só virar a esquina que Vítor perdeu a direção, indo de encontro a um muro. O choque raspou a pintura da bendita bicicleta, o que valeu uma briga sem tamanho entre os dois irmãos.

No apartamento, Gilberto costumava trabalhar em silêncio, enquanto Vítor se distraía no computador ou lendo livros. Agora, quando Vânia e Vanessa chegavam da escola na hora do almoço, o escritor não conseguia mais se concentrar, tamanho o rebuliço que as garotas aprontavam pela casa inteira. E não adiantava reclamar, porque Vânia, mais atrevida, respondia: "Você não manda em mim, você não é o meu pai!".

"Não está fácil, né, companheiro?", Vítor leu no computador, quando teve um momento de sossego.

"Parece que a nossa vida virou do avesso", desabafou o garoto.

— Mas o Gilberto ama a Luana, não ama? — perguntou a voz, meio ansiosa.

— Claro que ama! — respondeu Vítor, aflito. — Se não amasse, você acha que ele ia encarar? Não sei por que as garotas cismaram com ele, principalmente a Vânia. Essa menina é terrível! Qualquer coisa que o Gilberto fala ela já revida.

"Tô sabendo... coisa mais chata", as letras apareceram de volta no computador. "A Vânia já é bem grandinha, sabe muito bem que o Gilberto precisa de tranquilidade para escrever. A Luana também deve amar muito o Gilberto, senão, não se casaria com ele."

"É difícil pra ela também. Toda hora ela precisa escolher se vai tomar o partido dos filhos ou da gente. E em quem você acha que ela acaba acreditando? Ainda mais depois de chegar cansada do trabalho", escreveu o garoto, desanimado.

— Depende, né. Se ela for uma pessoa justa... — interveio a voz.

"E o Maurício, engraçado, parece que mudou de opinião", continuou escrevendo Vítor. "Antes ele achava legal a história de juntar todo mundo na mesma casa, para ter um pai outra vez. Agora bateu ciúme da mãe dele. É só o Gilberto abraçar a Luana que ele dá um jeito de chamar a mãe, para atrapalhar os dois. Dá pra acreditar?"

— Mas ele também já é bem crescido, pô, é o mais velho da turma. Será que não percebe que a mãe está feliz? — perguntou a voz, inconformada.

"E quem garante que ela está feliz?", surgiu no computador. "Talvez

ela gostasse de viver com a liberdade de antes, no meio da bagunça. Daí chegam dois chatos querendo tudo arrumadinho e na hora certa. Melou, né? É misturar água com azeite."

— Ué, a Luana não casou com quem ela amava, e o Gilberto não é um cara legal? Então os dois vão ter de se entender... — contrapôs a voz.

— Tomara que você tenha razão. Porque do jeito que a coisa vai, não sei, não — disse Vítor, inconformado com o rumo dos acontecimentos.

## II. Consequências

Subitamente, Vítor teve uma recaída e precisou voltar ao hospital. Depois de medicá-lo, o doutor Edílson quis saber se o garoto tivera algum aborrecimento nos últimos dias. Era característico do seu problema de saúde: qualquer coisa que o deixasse nervoso também baixava sua imunidade, e a doença se manifestava.

Gilberto foi sincero e contou que a causa talvez fosse a mudança para a casa nova e o dia a dia com a família aumentada, bem diferente de antes. O doutor Edílson, então, foi taxativo: era preciso amenizar a situação, caso contrário Vítor tenderia a sofrer crises constantes. Justamente agora que a doença parecia controlada. O garoto precisava viver num ambiente tranquilo, só assim teria uma vida normal.

Gilberto saiu desconsolado do hospital. Não se conformava. Tanto trabalho para o filho se manter saudável, não sofrer recaídas, e agora essa.

O garoto tentou consolá-lo e sugeriu que poderia ficar uns dias na casa dos avós. Lá, além do carinho, teria todo o sossego de que necessitava. Gilberto, contudo, nem quis discutir essa hipótese:

— Somos um pacote, lembra? Aonde você for, eu vou também.

Houve um silêncio entre eles. Nenhum ousava fazer a pergunta óbvia: "Então teremos de ir os dois?".

Em seguida, Vítor teve uma ideia:

— Pai, lembra quando a gente se conheceu no hospital, depois que você leu as duas versões da história que eu escrevi para o concurso da escola?

Gilberto lembrava muito bem. Mas comentou que não fazia ideia da relação que esse fato poderia ter com o problema deles.

Animado, Vítor explicou: Gilberto uma vez tinha dito que toda história pode ter várias versões, dependendo da vontade do autor. E que a história só fica realmente boa quando os personagens tomam conta do seu destino, assumem vida própria — eles seguem em frente e o escritor corre atrás...

De cabeça quente com o problema, Gilberto não conseguia seguir o raciocínio do filho. Vítor continuou, entusiasmado com sua ideia:

— A gente pode aplicar na vida real o que você faz com as suas histórias. Em vez de você implicar com a Vânia e a Vanessa, faz o contrário: deixa as garotas mandarem na história e eu faço a mesma coisa com o Maurício.

Gilberto reagiu, incrédulo:

— Você faz as coisas parecerem simples demais, filho. História é uma coisa, vida real é outra.

— Sem essa, pai. Quando a gente vai a um restaurante, por exemplo, você fica olhando pras pessoas. No táxi, você conversa sem parar com o motorista. Vai dizer que não está querendo saber como é a vida real de todo mundo pra depois escrever uma coisa que pareça verdadeira? Então, em vez de você tentar mudar as garotas, e eu tentar mudar o Maurício, a gente entra na deles, entendeu?

— Você quer dizer que a gente deve tentar conquistar todos eles, é isso?

— Puxa, pai, tava duro entender, hein? — sorriu Vítor, feliz da vida.

Concordaram que não seria fácil, mas não custava tentar.

Começaram a pôr em prática a nova atitude no dia seguinte. Quando Vânia e Vanessa voltaram da escola e entraram na casa feito um furacão, Gilberto foi ao encontro das duas:

— Como foi a escola, meninas?

— Você quer mesmo saber? — perguntou Vânia, desconfiada do súbito interesse.

— Claro que quero. Fico o tempo todo só na minha toca, escrevendo, então adoraria saber o que acontece lá fora.

— Você não está perdendo grande coisa — replicou a garota, atrevida. — A escola é uma chatice, a gente aprende coisa que nunca vai usar na vida.

— Ah, nem tanto, Vânia, deixa de ser chata — discordou Vanessa. — A nossa escola é bem legal. Só que tem professor que vem com aquela história de que a gente só pode fazer pergunta dentro do contexto. E eu lá sei o que é isso?

— Contexto é o assunto que está sendo estudado — explicou Gilberto.

— Agora, sabe, nisso eu concordo com você. Às vezes, as coisas fora de contexto é que são as mais interessantes. Quanto mais perguntas, mais respostas: foi essa curiosidade que sempre estimulou o progresso tanto na ciência quanto nas artes. Tudo o que temos hoje em matéria de civilização devemos aos benditos curiosos.

— Puxa, até que você não é tão quadrado como eu pensava — disse Vanessa.

— Pelo contrário, ando até ficando redondo de tanto trabalhar sentado e não fazer exercício. Que tal a gente levar o Foguete para passear todo dia? Assim ele dá um descanso pro coitado do Tomás.

As garotas caíram na risada. Gilberto aproveitou a chance e disse que estava escrevendo uma nova história que envolvia vários adolescentes. E adoraria ter a opinião delas sobre o texto. Podiam até fazer uma espécie de teatro-laboratório.

As garotas reagiram animadas, principalmente Vânia, que queria ser artista de novela ou de cinema. Aliás, ela sempre representava no teatro de fim de ano da escola, Gilberto não se lembrava?

Vítor, por sua vez, tentava reavaliar sua relação com Maurício. Quando o garoto pediu novamente para usar seu computador, ele não apenas concordou como o ensinou a mexer em todos os comandos, para que o irmão não causasse estragos. Em compensação, Maurício deixou Vítor usar sua bicicleta, com a condição de que tomasse o maior cuidado em não ralar a pintura.

E assim Vítor e Gilberto foram levando, como equilibristas na corda bamba, sem rede de proteção embaixo...

## III. Uma questão de amor

Gilberto e Luana eram, como Vítor descobrira na sua intuição de criança, diferentes como água e azeite. Gilberto era a água: sentimental, movido pela paixão que o fizera amar de forma tão integral aquele garoto solitário e ainda por cima portador de uma síndrome misteriosa que, se às vezes ficava adormecida, diante de qualquer estresse inesperado podia se manifestar de forma violenta.

Luana era o azeite: objetiva e racional. Depois de viver anos felizes na companhia do marido, ela se vira sozinha de repente, quando ele morreu, com três filhos pequenos para criar. Não podia se dar ao luxo de ligar para as mínimas coisas do cotidiano. Ao contrário, precisava ser forte para enfrentar a realidade. Ela se encantara com a sensibilidade e a inteligência de Gilberto e, mais ainda, com aquele verdadeiro devotamento ao Vítor.

Ela gostava sinceramente do garoto talentoso e carente que fazia de tudo para agradá-la. Retribuía o afeto genuíno do enteado, mas sem grandes manifestações de carinho. Sua natureza era assim. Vítor, contudo, ávido do amor materno, abraçava e beijava Luana sempre que podia, deixando Maurício também enciumado. Dividida entre o amor pelos filhos e o amor por Gilberto e Vítor, ela muitas vezes se sentia pressionada.

Gilberto, por sua vez, tentando fazer o casamento dar certo, passou a evitar demonstrações de afeto a Luana na presença de Maurício. Era preciso que o garoto se acostumasse a ele como padrasto, palavra meio forte, difícil de digerir. Buscando conquistar a amizade do enteado, sempre que podia ensinava-o a fazer lindas pipas, assim como fizera com Vítor. Também disputava partidas de futebol com os garotos. Queria que Maurício o aceitasse primeiro como amigo e companheiro, e entendesse que não pretendia tomar o lugar do pai dele.

Sentindo falta dos avós, Vítor às vezes pedia para passar um fim de semana na casa deles. Numa dessas ocasiões, convidou Maurício para acompanhá-lo. A coisa foi tão prazerosa que, a partir de então, Maurício é que se oferecia para ir junto. Enciumadas com a preferência de Vítor pelo irmão, Vânia e Vanessa reclamaram. E lá foi um dia a tropinha toda para o casarão dos pais de Gilberto, que ficaram quase sem gás, mas felizes da vida, com quatro netos andando por todos os cantos.

Foi então, quando a vida em família estava mais ou menos controlada, que Luana começou a passar mal... Tonturas, enjoos logo de manhã. Um dia, para ter certeza do que ela já desconfiava, comprou um teste de gravidez na farmácia e se trancou no banheiro. Minutos depois, ela apareceu na saleta onde Gilberto escrevia um capítulo de seu livro, e disse de supetão, olhos brilhantes:

— Amor, vamos ter um bebê!

Pego de surpresa, Gilberto ficou mudo de espanto. Quando a ficha caiu, ele se levantou e abraçou Luana, comovido. Ela perguntou, ansiosa:

— Você gosta da ideia de ter mais um filho?

— Quem vai ter filho? — perguntou Vânia, que também entrara de repente na sala.

— Eu, quem mais? — replicou Luana, sorridente, enquanto Gilberto, ainda tonto de emoção, não sabia o que dizer para expressar sua felicidade.

— Mamãe vai ter um bebê, mamãe vai ter um bebê! — saiu gritando Vânia, espalhafatosa como sempre.

Foi o maior tumulto. Os outros irmãos correram até Luana e a encheram de perguntas: se a barriga dela ia crescer logo, quando o bebê ia nascer, se ia ser menino ou menina, por aí. Foi então que Gilberto se deu conta de que faltava alguém naquela manifestação toda de contentamento familiar.

Foi à procura de Vítor e o encontrou sentado num canto do sofá, uma expressão estranha no rosto.

— Que foi, meu filho, não gostou da novidade? Parece que vamos ter um bebê aqui em casa.

— Que bom — disse Vítor sem grande entusiasmo, enquanto duas lágrimas rolavam pelo rosto sem que ele pudesse evitar.

Gilberto sentou ao lado do garoto e o abraçou forte:

— Qual é, parceiro, continuamos sendo um pacote, lembra?

Vítor, ainda perturbado com a notícia, ficou em silêncio.

## IV. Dúvidas e angústias

Quando teve os três filhos, Luana era mais jovem. Agora já beirava os quarenta anos e, por algumas circunstâncias de sua saúde e devido à idade, sua gravidez, ao ser comprovada por exames complementares, foi considerada de risco. Precisava de cuidados especiais, de muito repouso, alimentar-se em horários regulares, de forma balanceada e com pouco sal, para evitar ganho excessivo de peso e o perigo da hipertensão. Ela precisou pedir licença do trabalho de bibliotecária.

Podendo administrar seu tempo, uma vez que trabalhava em casa, Gilberto, atencioso, acompanhava-a a todos os exames de rotina. Se não podia ir, por causa de algum compromisso inadiável com a editora ou o jornal, quem ia com Luana era Vítor, que, acostumado a hospitais e laboratórios, sentia-se à vontade nesses ambientes. Por sorte, havia um ponto de táxi bem na esquina da casa deles.

Vítor, dividido entre a apreensão e a curiosidade, estava particularmente interessado naquela gravidez. Era a primeira vez que ele convivia com uma mulher grávida. Melhor, com uma gestante que desejava e amava aquele filho ou filha que ia nascer. Novidade absoluta!

Ao ver a alegria no rosto de Luana, quando ela abraçava a própria barriga, num carinho espontâneo, Vítor sentia um aperto no coração ao se lembrar de como fora deixado na calçada ainda bebê. Por que sua mãe não tinha ficado feliz assim ao engravidar? Por que sua mãe não tinha se sentido assim tão contente ao saber que um filho estava chegando?

Seria apenas questão de sorte? Por que alguns nascem de mulheres que ficam radiantes ao saber que serão mães, enquanto outros são filhos de mulheres que, desesperadas ou insensíveis, abandonam seus bebês em latas de lixo, nas portas das casas, no meio da rua, ou os atiram em lagoas dentro de sacos plásticos, como se fossem indesejados filhotes de animais? Mas se nem os bichos costumavam tratar assim suas crias...

Numa dessas ocasiões, mesmo sendo uma pessoa bastante racional, Luana comoveu-se com a expressão que viu no olhar de Vítor. Ela, que estava mais sensível por causa da gravidez, chamou-o para perto de si e fez com que ele sentisse os movimentos do bebê dentro de sua barriga. Ao ver o garoto encantado com isso, ela disse:

— Olha, Vítor, faz muito tempo que eu não cuido de um bebê, meus filhos estão crescidos. Quando eles eram bebês, eu sempre tive muita ajuda, babá, empregada... Agora não sei como vai ser.

— E bebê precisa ter hora certa pra tudo, eu via lá no abrigo — observou Vítor, compenetrado. — Hora de mamar, de trocar fralda, de tomar remédio... Eu acho que você vai precisar se organizar, Luana, porque babá anda muito caro.

— Nem me diga. Ainda bem que, após o parto, eu também vou ter quatro meses de licença-maternidade. Mas e depois?

O olhar de Vítor se iluminou:

— Olha, o Gilberto trabalha em casa e eu também não saio muito. Se você quiser, acho que nós dois podemos cuidar do bebê.

— Verdade, Vítor? — sorriu Luana. — Sabe, outro dia eu estava observando você com as crianças aqui da rua. Você tem um jeito todo especial de lidar com elas.

— É que eu ajudava a tia Rita e as outras tias lá do abrigo a cuidar dos garotos menores. Eu adoro crianças.

— Maravilha, então você e o Gilberto vão ser os responsáveis pelo bebê enquanto eu estiver trabalhando. E olhe, querido, não pense que vamos deixar de amar você só porque vamos ter outro filho. Nada vai mudar, fique tranquilo.

## V. Enfrentando a novidade

Mais tarde, em frente ao computador, Vítor desabafou na tela:
"Eu queria tanto acreditar que a Luana está falando a verdade. Ela me encarregou de cuidar do bebê, superlegal isso, você não acha?"
"Foi dez. E acho que ela foi bem sincera. Não esquenta, cara."

— Tudo bem, eu também acho que ela foi sincera — intrometeu-se a voz —, mas não se esqueça de que o sonho do Gilberto sempre foi ter um filho, e agora ele teve esse filho justamente com a mulher que ele ama. Será que você não vai ficar em segundo lugar, hein?

"Escute aqui, sua desmancha-prazeres", rebateram depressa as letras no computador, furiosas, "as pessoas têm vários filhos, não é porque chega mais um que os pais deixam de amar os outros. Você tá falando a maior besteira."

"É, mas você esqueceu que eu sou adotado?", digitou Vítor. "O bebê que está chegando aí é filho biológico, tem muito mais força, sacou?"

"Você que está viajando, cara", continuou o computador. "Quer dizer que, se uma pessoa cria uma criança com todo o amor e carinho e depois tem um filho natural, vai mudar de sentimento pelo filho adotado? Se fosse assim, sair da barriga já seria garantia de amor, e a sua mãe não teria largado você na calçada, teria?"

"Puxa, cara, você sabe meter o dedo bem na ferida, hein? Precisava me lembrar uma coisa que eu vivo querendo esquecer?", reclamou o garoto.

"É pra você deixar de procurar pelo em ovo, como dizia a tia Rita, lembra?"

A voz, porém, não desistia fácil:

— Mas você já viu o brilho nos olhos do Gilberto quando ele fala no bebê?

"Ué, ele está feliz, afinal outro filho vem por aí. Ele também tinha o mesmo brilho nos olhos quando tirou o Vítor lá do abrigo", reagiram as letras no computador.

"Eu não me lembro disso, não", suspirou o garoto.

"Vai dormir, vai. Aproveite enquanto o bebê ainda não nasceu, porque depois você vai ver só. Bebê dá um trabalhão, cara, acorda sempre no meio da madrugada berrando..."

— Mas vai ser legal demais ter um bebê aqui em casa, não vai? — derreteu-se a voz, toda melosa.

— Pensando assim... — concordou Vítor, dirigindo-se à voz meio desanimado.

"Boa noite e sonhe com os anjos", apareceu no computador.

"Você também, seja lá quem for."

— Esqueceram de mim, seus ingratos? — reclamou a voz.

## VI. O poder das palavras

Antes de engravidar, Luana costumava levar os quatro filhos à escola, depois ia para o trabalho. Às vezes Gilberto encarregava-se de buscá-los na hora do almoço. Agora, em repouso absoluto para evitar o nascimento prematuro do bebê, Luana precisava da ajuda de toda a família.

Gilberto passou a levar os garotos à escola, enquanto Luana ainda dormia. O retorno ficou mais complicado, porque ele não queria deixá-la muito tempo apenas com a Matilde. E se o bebê cismasse de nascer de repente? A escola era um pouco distante da casa deles, e as crianças não estavam acostumadas a tomar ônibus sozinhas.

Sorte que, sabedores da situação, pais de alguns colegas moradores nas proximidades se ofereceram para ficar de olho neles até se acostumarem com a nova situação.

Certo dia, enquanto acabava de escrever um capítulo de seu novo livro, Gilberto, estranhou Vítor não ter ido lhe dar o beijo de costume quando chegou da escola. Foi procurá-lo.

Na sala, encontrou os três irmãos em silêncio, numa atitude muito estranha.

— Não ouvi vocês chegarem. Cadê o Vítor? — perguntou Gilberto.

As garotas entreolharam-se rápido, coisa que não passou despercebida a Gilberto.

— O que foi, meninas, vocês estão me escondendo alguma coisa? Vítor, Vítor! — chamou, já meio preocupado.

— O Vítor saiu — disse Maurício sem olhar para Gilberto.

— Como, saiu? Ele não voltou da escola com vocês?

— Voltou — continuou Maurício —, mas depois ele saiu de novo.

— Ué, por quê? Para onde? Ele não tinha fisioterapia nem nada hoje — estranhou Gilberto. — Além disso, ele nunca sai sozinho. Será que foi pra casa dos meus pais? Mas sem me avisar? Aconteceu alguma coisa que eu não sei?

— Acho que ele ouviu a gente conversando — disse Vanessa, tão baixinho que Gilberto não escutou direito e pediu que ela repetisse.

— ACHO QUE ELE OUVIU A GENTE CONVERSANDO! — berrou Vânia, visivelmente nervosa, mas sempre desaforada.

— Vocês estavam conversando, é? Pela cara de vocês, eu até imagino o que foi essa conversa.

— Eu não tive nada a ver com a história — apressou-se a dizer Maurício. — Foram essas duas fofoqueiras aí que ofenderam o Vítor.

— Eu, não — corrigiu Vanessa. — Eu até defendi o Vítor. Quem falou aquelas coisas feias foi a Vânia, e ele, coitado, escutou tudo.

— Muito bem — Gilberto sentou-se em frente às duas. — Você confirma isso, Vânia? Ótimo, então repita agora pra mim, palavra por palavra, o que você disse para o Vítor que o deixou tão abalado a ponto de ele sair assim de casa e ir sei lá pra onde...

— Não era pra ele ouvir — tentou desculpar-se Vânia. — E não era pra ele fugir de casa também...

— Fique sabendo, Vânia, que palavras têm muito poder, às vezes elas podem machucar mais do que um tapa. Se você foi tão corajosa antes, acho que agora pode repetir pra mim o que você falou, não acha?

— Tá legal — concordou Vânia, levantando o queixo e olhando direto para Gilberto. — Já que a metida da Vanessa me entregou... Eu

69

disse que achava o Vítor um baba-ovo porque ele vive agarrado na saia da *nossa* mãe. Outro dia ouvi uma conversa dele com a mamãe, e ele lá, se oferecendo pra cuidar do *nosso* bebê quando ele nascer. Só que a mãe não é *dele*, muito menos o bebê. Porque ele nem é o *seu* filho de verdade nem nada, é só um moleque que você pegou lá no abrigo, e que a mãe dele tinha largado no meio da rua. E que seria muito melhor se ele nunca tivesse saído de lá, assim tudo seria como antes, e nem *você* teria se casado com a *nossa* mãe.

Gilberto, atônito com o que ouviu, ficou sem palavras. Como uma criança podia ser tão cruel? Era óbvio o que levara Vítor a sair de casa. E para onde ele teria ido, meu Deus? Levantou-se feito um autômato. Sua prioridade agora era encontrar o filho antes que algo de ruim acontecesse. Telefonou para a casa dos pais, a escola, os colegas, até para o doutor Edílson. Mas ninguém sabia do paradeiro do garoto.

Até que uma luz se acendeu dentro de sua cabeça. Depois de recomendar que Matilde levasse o almoço para Luana, ele tirou o carro da garagem e saiu.

## VII. Reencontro

Gilberto entrou correndo no abrigo de menores. Rita foi ao seu encontro, dizendo que acabara de ligar para a casa dele, mas ele já havia saído. Confirmou que Vítor estava ali.

Gilberto quis saber o estado do filho. Rita contou que ele chegara de táxi e chorando, muito nervoso. Depois que o garoto contou o que acontecera, ela o consolou como pôde, procurando acalmá-lo. Agora ele dormia, cansado de tantas emoções.

Gilberto desabou numa cadeira:

— Não sei mais o que fazer, Rita. Parecia tudo tão perfeito, a gente juntar as famílias, reunir as crianças na mesma casa. Agora essa. O que me preocupa é a saúde do Vítor. O doutor Edílson já avisou que ele não pode ficar se estressando a toda hora.

Rita ofereceu-se para levar Vítor para a casa dela. Ele se dava muito bem com seus filhos. E como o marido continuava desempregado, ele ficava em casa o tempo todo. Ele gostava muito de crianças, com certeza não iria se opor.

Gilberto agradeceu o oferecimento, mas disse que essa não era a solução do caso, aquilo apenas adiaria um confronto. Se fosse para tirar Vítor de casa, então ele o levaria à casa dos avós, que o amavam muito também.

Rita, então, foi taxativa:

— Olhe, Gilberto, se você me permite, eu vou lhe dar um conselho. Veja o meu caso: quando o meu marido perdeu o emprego e cansou de procurar outro, provavelmente ia ficar perambulando por aí sem fazer nada. Como depois de um tempo, para diminuir as despesas, nós fomos obrigados a dispensar a faxineira, então eu resolvi ser franca com ele: "Todo mundo depende de mim agora, do meu trabalho", eu disse. "Ou você fica em casa e me ajuda aqui com o serviço e com as crianças, ou a gente corre o risco de eu ficar tão cansada a ponto de acabar perdendo o emprego."

— Muito bem, parece que ele entendeu o recado — disse Gilberto. — Mas o que isso tem a ver com o meu caso?

— É uma situação parecida — concluiu a Rita. — Eu acho que você tem levado essa história de ser padrasto meio na brincadeira, virou mais amigo das crianças do que qualquer outra coisa. Acontece que a Luana está de cama, e a responsabilidade agora é toda sua. Você precisa mostrar que existe comando naquela casa. Senão o barco afunda, meu amigo.

Gilberto ficou surpreso com o bom-senso de Rita. Respirou fundo antes de responder:

— Você está coberta de razão, Rita. Até agora, eu brinquei mesmo de ser padrasto. Está na hora de mostrar alguma autoridade, de impor limites...

Rita sorriu:

— Vá em frente, Gilberto, tem hora que a gente precisa pegar o touro à unha. Agora, vamos buscar o Vítor. Se ele ainda estiver dormindo, eu ajudo você a levá-lo para o carro.

Ao chegar em casa, depois de ver se Luana estava bem, Gilberto reuniu os garotos na sala e, com voz firme, fez um pequeno discurso:

— A situação é a seguinte, pessoal: a mamãe, como vocês sabem, está de repouso absoluto. Só pode se levantar para ir ao banheiro, e olhe lá. Senão, o bebê corre o risco de nascer antes do tempo, prematuro, e bebês prematuros depois podem ter muitos problemas. Então, crianças, vocês por enquanto só podem contar comigo. A mamãe precisa descansar. Portanto, a partir deste instante, não quero mais saber de palavras maldosas dirigidas a quem quer que seja aqui nesta casa, não quero mais saber de ciúme bobo, de brigas por causa do computador ou da bicicleta, enfim, quero que a gravidez da Luana vá o mais longe possível, e num clima de tranquilidade. Quero que o bebê se sinta cercado por um ambiente de paz, de amor, o que é muito importante para uma criança. E isso só depende de nós. Estamos entendidos? Se alguém sair da linha, pode ter certeza: vai perder muitos privilégios. Eu não estou brincando. E antes que eu me esqueça: alguém aqui deve uma palavrinha ao Vítor.

Vânia, meio sem graça, murmurou entre dentes:
— Desculpe, Vítor.
O garoto engoliu em seco antes de responder:
— Tudo bem, não esquente.

## VIII. Sou o que pareço ser?

Ainda sonolento, Vítor ligou o computador. Levou um susto quando leu: "Que bonzinho você é, hein, Vítor? Me engana que eu gosto..."

"Ué, por que você está dizendo isso? Você que sempre sabe tudo, não viu que eu desculpei a Vânia?", digitou o garoto.

— Ha-ha-ha... Desculpou, mas não esqueceu — disse a voz. — Aliás, você adorou a bronca que o Gilberto deu no pessoal. E ainda posou de coitadinho...

"Mas sou eu a vítima nessa história! Que maldade da Vânia, pô! Essa garota não sabe o que é compaixão", voltou a digitar Vítor, fingindo que não tinha escutado a voz.

As letras no computador não tiveram dó:
"E você por acaso sabe, hein? Sumindo e deixando o Gilberto desesperado, sem saber onde você estava? E ainda por cima pediu pra tia Rita pagar o táxi. E se ela não tivesse dinheiro? Ela luta com tantas dificuldades! E você entrando daquele jeito no abrigo... E se ela perdesse o emprego por sua causa? Chega ou quer mais?"

"Puxa, cara, eu vim aqui em busca de carinho, e você vem com toda essa bronca pra cima de mim. O Gilberto pagou a tia Rita, lembra? Que amigo você é, hein?"

"Amigo sincero, meu chapa, e amigo sincero fala a verdade quando o outro precisa ouvir. Nunca mais faça uma sacanagem dessa, sumir sem deixar nem um bilhete. Coitado do Gilberto, além de ele ter de aguentar os filhos da Luana, você ainda apronta uma dessas com ele. Vá dormir, vá...", sugeriram as letras no computador.

"Que tanto você me manda dormir?", reclamou Vítor. Mas, sem clima para continuar a conversa, desligou o computador e seguiu o conselho.

Quando Vítor acordou, foi à procura do pai, decidido a pedir desculpas pelo sumiço. No meio do caminho, surpreendeu-se ao ver Maurício vindo ao seu encontro e falando, aflito:

— Olha, Vítor, o Gilberto não quis acordar você, mas ele teve de levar a mãe pra maternidade de repente...

Assustado, Vítor quis saber se o bebê ia nascer. Maurício não sabia direito, mas achava que sim, porque a mãe tinha gritado lá do quarto chamando Gilberto, e foi aquela correria. Sorte que tanto a mala da Luana como a do bebê já estavam prontas havia muito tempo, para o caso de uma emergência.

Apreensivas, as crianças reuniram-se na sala à espera de notícias. Logo mais chegaram os pais de Gilberto, que, alertados pelo filho, foram fazer companhia aos netos. Como Luana e Gilberto preferiram não saber o sexo do bebê, para não estragar a surpresa, a curiosidade era grande: todos brincavam de apostar se seria menino ou menina.

Algum tempo depois, o telefone tocou: era Gilberto, contando que o bebê tinha nascido e que era um menino; mas, por ter nascido prematuro e com pouco peso, teria de ficar num berçário especial por alguns dias. Luana passava bem e estava fora de perigo. E mandava um recado para todos os filhos: a escolha do nome do irmãozinho ficaria por conta deles.

Foi a maior festa, pelo nascimento e pela possibilidade de eles escolherem o nome do novo irmão. Vítor, Maurício, Vânia e Vanessa ficaram horas disputando a escolha de um nome, mas nenhum se sagrava vencedor. Foi então que a mãe de Gilberto, feliz de ser avó novamente, sugeriu: todos escreveriam o seu nome favorito num papel, que seria colocado no boné do vovô.

Feito isso, chamaram Matilde para tirar o bilhete da sorte. Compenetrada, ela enfiou a mão no boné, fechou os olhos e tirou um dos papeizinhos dobrados. Abriu-o e, como se fosse anunciar o resultado de um Oscar, leu, fazendo suspense:

— O nome do bebê é... Francisco!

## IX. Novidades

A turma ficou empolgada: queria ir à maternidade visitar Luana e conhecer o bebê. Os pais de Gilberto prontificaram-se a levá-los.

Chegando lá, tiveram a maior surpresa. Eles sabiam que Francisco nascera prematuro e com pouco peso e que por isso, inicialmente, ficaria num berçário especial. O que eles não imaginavam era encontrar o bebê muito à vontade, enfaixado no peito da mãe, quando entraram no quarto do hospital.

— Ué, o que é isso? — estranhou a avó. — Por que enfaixaram o bebê em você, Luana?

Luana, sorridente, explicou:

— É um método chamado bebê-canguru.

— Canguru? Ora, mas é aquele marsupial lá da Austrália que carrega o filhote dentro de uma bolsa na barriga... — informou o avô com expressão intrigada.

— Uma vez, vi um programa na televisão sobre cangurus — lembrou Vanessa. — O filhote do canguru nasce bem pequenininho e fica dentro da bolsa da mãe, mamando, fazendo de tudo. Ele só sai quando fica pronto para ir para o mundo lá fora...

— Isso mesmo — disse Luana. — Os médicos descobriram que, assim como os filhotes de cangurus, os bebês que nascem antes do tempo e com pouco peso se desenvolvem muito melhor se ficarem em contato constante com o corpo da mãe, ouvindo as batidas do coração dela, como ouviam quando estavam no útero, e até mamando na hora que quiserem.

— Puxa, que legal! — aplaudiu Vítor. — E quanto tempo o Francisco vai ficar assim?

— O tempo de que ele precisar para se desenvolver bem, aprender a mamar direitinho e ganhar peso.

— Então você vai ter de ficar aqui no hospital com o bebê? — perguntou Vanessa, desconsolada.

— Vou, sim, querida — disse a mãe. — Até que ele tenha condições de ir para casa. Inclusive estou aprendendo a cuidar bem dele com as enfermeiras do berçário especial.

Gilberto então explicou que não era apenas a mãe que podia fazer o papel de canguru. Por isso, para Luana descansar, ele também se predispunha a fazer o papel de pai-canguru.

Vítor ficou entusiasmado com a ideia e perguntou se mais alguém da família podia participar. Se pudesse, ele também queria ser um irmão-canguru. Ao que Vânia foi logo dizendo que ele era muito metido, queria ser sempre o maioral da história.

— Não é isso, não — defendeu-se Vítor, magoado.

— Tempo! — pediu Gilberto, já antevendo outra crise. — Por enquanto vocês estão fora disso. Mais tarde a gente resolve.

E como Luana ficaria por mais alguns dias na maternidade, que felizmente contava com toda a infraestrutura para hospedar mães-cangurus, e Gilberto iria encarar as idas e vindas da maternidade para casa, os pais dele concordaram em se mudar por uns tempos para a casa de Gilberto e Luana a fim de cuidar dos netos.

Os avós, porém, eram sistemáticos: determinaram uma rotina com horários para as refeições, hora de dormir, hora de estudar... E, com a ajuda de Matilde, puseram isso em prática, o que a funcionária aprovou, pois facilitava muito seu serviço.

Conclusão: a ordem estabeleceu-se na casa, para desgosto de Vânia, que adorava reclamar de tudo e agora resmungava pelos cantos:

— Ah, não, mais dois no pedaço e ainda por cima dando ordens. Eu mereço...

— Merece mesmo — provocou a voz, mas só Vítor escutou o comentário.

# Epílogo

Epílogo

"Até que agora o negócio está divertido, não é, companheiro?", Vítor leu no computador assim que teve um tempinho livre depois que Francisco finalmente foi para casa.

"Está é uma festa chamada Francisco...", digitou Vítor.

— Como o carinha é esfomeado, hein? — emendou a voz.

"Põe esfomeado nisso! Ele mama de duas em duas horas, dia e noite sem parar. A sorte é que já está enfaixado no peito da mãe, assim facilita o serviço, né?", escreveu Vítor.

"Mas o Gilberto também vira pai-canguru que eu sei", replicaram as letras no computador.

"Pra Luana poder descansar, de vez em quando ele põe o Francisco no peito dele", continuou o garoto. "E aí ele vai para o computador escrever... Acho que o moleque até já se acostumou com o barulhinho do teclado e da impressora. Quem sabe vem outro escritor por aí?"

— Legal, e quem sabe um dia você vire um irmão-canguru — disse a voz, toda animada.

"Estou torcendo pra isso", Vítor respondeu para a voz. "Mas só quando o Francisco ficar um pouco maior, que agora dá até medo de pegar; parece que vai quebrar de tão pequeno."

"Acho que é por isso que ele mama tanto. Está com pressa de crescer... Agora você melhorou do seu ciúme que eu sei. Parabéns!", aplaudiram as letras no computador.

"Você tinha razão, o Gilberto continua um paizão, não tem essa de deixar de me amar só porque chegou mais um. E eu estou muito feliz com o nascimento do Francisco, falando sério, cara. Não vejo a hora de ele crescer pra eu ensinar o meu irmão a fazer pipa e jogar futebol comigo...", digitou Vítor.

"Puxa, vai ser dez. E a turma aí também parece que melhorou de gênio. Até a Vânia não implica mais tanto com você", comentaram as letras na tela.

— Mais ou menos — intrometeu-se a voz. — É que agora ela está com ciúme mais é do Francisco, porque deixou de ser a caçula da casa. Mas ela acaba se acostumando. Depois o bebê é tão bonitinho, uma gracinha.

"Sortudo você, hein, companheiro", escreveram as letras no computador. "Justo o nome que você sonhava para o seu irmão..."

Foi então que Vítor lembrou:

"Falando nisso, quando começamos a bater papo aqui, você prometeu que depois me diria quem você é. Você não acha que já está na hora de cumprir a promessa?"

"Acho, companheiro. Mas não pense que vai ser na moleza, não. Vai ser em forma de charada. Tudo bem?"

— Oba, estou nessa, também adoro charadas! — disse a voz.

"Manda ver", escreveu Vítor.

"Então, lá vai, decifre-me se for capaz: EU SOU O ESPELHO, O REFLEXO, O ECO MAIS PROFUNDO DOS SEUS SONHOS..."

"Matei: você é a árvore dos sonhos..."

"Rsrs, rsrs... qual é, mané?", gozaram as letras no computador. "A árvore dos sonhos secou quando o raio caiu lá no pátio do abrigo e você abriu o berreiro... Está lembrado?"

"É mesmo, cara, foi quando a tia Rita me consolou dizendo que eu não precisava chorar porque os sonhos moram dentro da gente, e eu podia continuar sonhando o quanto quisesse...", escreveu Vítor.

"É isso aí. Então, já descobriu quem eu sou? Vai fundo que está quente...", incitou o computador.

— Eu ajudo, eu ajudo — falou a voz, empolgada.

— Dá um tempo! — disse Vítor para a voz.

E, voltando-se para o computador, escreveu:

"SE OS SONHOS MORAM DENTRO DA GENTE e você é O ECO MAIS PROFUNDO DOS MEUS SONHOS, então você só pode ser... Mas não é possível!"

"Não é possível por quê?"

"Porque daí você não existiria..."

"Claro que eu existiria. Eu existiria na sua imaginação..."

— Eu também sou isso, eu também! — reclamou a voz. — Por que vocês sempre se esquecem de mim?

"Mas se vocês existissem apenas na minha imaginação, vocês não existiriam de verdade...", digitou Vítor, incrédulo.

"Negativo!", afirmaram as letras no computador.

— Negativo! — ecoou a voz.

"Nós existimos na sua imaginação porque você é um escritor. Tudo que você cria precisa antes ser imaginado..."

— Então, criamos vida e, de alguma forma, somos de verdade — completou a voz.

"Esperem aí", reagiu Vítor assustado. "O Gilberto também é um escritor, ele também imagina personagens que criam vida. Quem garante que eu também não sou um ser imaginado em vez de uma pessoa real?"

"Ah, isso a gente não pode garantir mesmo...", as letras no computador escreveram, com jeito de pensativas.

— Por que você não pergunta ao Gilberto? — sugeriu a voz, cautelosa.

"Agora vocês acabaram de fundir a minha cabeça. Vou desligar você, computador. Amanhã eu penso no assunto, tá legal?", digitou Vítor.

— Você está falando que nem o personagem de um filme famoso — provocou a voz.

— Que personagem? Que filme? — perguntou Vítor, curioso.

"Deixa pra lá, companheiro", interromperam as letras no computador. "Vai dormir, vai. Quem sabe amanhã você não descobre se você existe de verdade ou se todos nós somos personagens de uma história?..."

# Sobre a autora

Cada vez que abria o jornal e dava com a notícia de mais um bebê abandonado em calçada, lata de lixo, até mesmo atirado em lagoa, eu não conseguia acreditar que houvesse pessoas capazes de cometer tamanha atrocidade.

Foi então que me ocorreu escrever a história de Vítor, garoto que vivia num abrigo de menores desde que fora encontrado numa caixa de papelão por um operário que saía para o trabalho.

Toda criança merece um lar, pessoas que a amem e respeitem. Nem um animal se deixa numa calçada ao desamparo. Abandonar um bebê indefeso à própria sorte é desumano, inconcebível.

As pessoas precisam se conscientizar de que colocar uma criança no mundo deve ser um ato responsável. Não um mero acaso.

Coloquei-me no lugar de Vítor, senti sua solidão e amargura ao descobrir a verdade, seu desejo imenso de ter uma família.

Todo mundo tem um sonho cuja realização depende de vários fatores: trabalho, persistência, oportunidade e até sorte. O sonho de Vítor era singelo, mas fundamental: ter mãe, pai, irmãos. Isso incluía casa, bicicleta e até um cachorro.

O sonho ele foi construindo, passo a passo, na sua imaginação, auxiliado por dois amigos imaginários. E, para sua alegria, seu sonho começou a se transformar em realidade, como se ele montasse um quebra-cabeça, onde as peças se encaixavam de forma curiosa, meio ao contrário.

Porque um sonho, ainda que pareça impossível de acontecer, é sempre feito de esperança!

Giselda Laporta Nicolelis

# De sonhar também se vive...

Giselda Laporta Nicolelis

Editora Saraiva

## ■ Bate-papo inicial

Abandonado quando bebê, Vítor vive entre o abrigo para menores e o hospital, por sofrer de uma doença rara. Apesar das dificuldades, não deixa de sonhar como seria sua família um dia. Quando passa a frequentar a escola, Vítor se apaixona pelos livros e, além de ler, começa a escrever ótimas redações. E é ao se inscrever em um concurso de histórias que conhece Gilberto, autor de livros infantojuvenis que começa a trabalhar como voluntário no abrigo.

Essa amizade muda a vida de ambos: Gilberto adota Vítor. O menino não ganha o concurso de histórias, mas ganha uma família: pai, avós e um gato. E, quando Gilberto se casa com Luana, mãe de três filhos, Vítor também ganha uma mãe e irmãos. Ele percebe que conviver com tanta gente não é tarefa fácil, e ainda tem de se preparar para receber um novo irmão quando Luana fica grávida. Vítor o espera com sentimentos contraditórios: o amor que já sente pelo irmão que está por vir e pela família que o acolheu e o medo de não ser mais amado por Gilberto.

# ■ Analisando o texto

**1.** Vítor, o personagem principal da história, é apresentado ao leitor logo no início da obra. Considerando as informações fornecidas entre os capítulos I e III da Primeira parte, responda:
a) Por que Vítor foi para um abrigo para menores?
R.: _____

_____

_____

b) No capítulo "A descoberta" acontece algo que faz o personagem sofrer muito. Explique o que ocorreu.
R.: _____

_____

_____

**2.** Assinale (V) para as afirmações verdadeiras e (F) para as afirmações falsas:
( ) Após a morte da árvore, Vítor começa a ouvir uma voz — é o espírito de sua mãe que fala com ele.
( ) O maior sonho de Vítor é ser adotado, mas ele teme que isso não aconteça, por não ser mais um bebê.
( ) Após a morte da árvore, Vítor começa a ouvir a voz de seus sonhos, com quem passa a dialogar.
( ) Tia Rita promete adotar Vítor, mas desiste por causa da doença do menino, considerada fatal pelos médicos.
( ) Em seus sonhos, Vítor imagina não apenas sua futura família, mas também a casa onde vive e episódios de seu cotidiano.

**3.** Ao imaginar como seriam seus pais, Vítor enumera algumas qualidades para eles. Quais?
R.: _____

_____

_____

**4.** Vítor se inscreve em um concurso de histórias e começa a escrever seu texto em um computador da escola. No dia seguinte, ao

## ■ Trabalho interdisciplinar

**19.** No primeiro capítulo do livro, Vítor só não é adotado pelo operário que o resgata da rua por causa das dificuldades burocráticas do processo legal de adoção. No capítulo "Novidades", Gilberto menciona que irá à Vara da Infância e Juventude dar entrada no "processo de habilitação" para a adoção de Vítor. Com o auxílio de seus professores de Língua Portuguesa e de História, pesquise como funciona esse processo atualmente e como se dava a adoção de crianças em épocas passadas. No Brasil, quais as leis que regulamentam a adoção? Reflita se há razões para tal processo ser lento e complicado. A partir desses dados, discuta com seus colegas e professores as consequências da complexidade desses processos legais.

Para qualquer comunicação sobre a obra, entre em contato:

SARAIVA Educação S.A.
Avenida das Nações Unidas, 7221 – Pinheiros
CEP 05425-902 – São Paulo – SP – Tel.: (0xx11) 4003-3061
www.editorasaraiva.com.br
atendimento@aticascipione.com.br

Escola: _____

Nome: _____

Ano: _____ Número: _____

procurar sua redação no computador, tem uma surpresa. Qual? Que consequência isso tem?

R.:_____

**5.** Quando Luana e Gilberto se casam, Vítor se sente realizado, pois passa a ter uma família completa. Entretanto, as coisas não acontecem exatamente como no sonho dele. Por quê?

R.:_____

**6.** Relacione os personagens abaixo com suas respectivas características.

a) Tia Rita
b) Edílson
c) Gilberto
d) Denise
e) Luana
f) Maurício
g) Tomás
h) Vânia e Vanessa
i) Francisco

( ) médico que costuma atender Vítor no hospital em que o garoto faz tratamento.
( ) as "garotinhas-terremoto", bagunceiras e rebeldes, filhas de Luana.
( ) funcionária do abrigo de menores, muito amiga de Vítor.
( ) professora de Vítor, que ele tenta transformar em namorada de seu pai.
( ) gato de Gilberto, que passa a dormir nos pés de Vítor quando o menino é adotado.
( ) mãe de Maurício, apaixona-se por Gilberto e casa-se com ele.
( ) escritor que começa a trabalhar como voluntário no abrigo e adota Vítor.

nhe as expressões próprias da linguagem falada e substitua-as por uma equivalente na linguagem escrita:
a) "Mas você pode dar uma ajudazinha pra esse tal clima, Vítor. Bote esse cérebro pra pensar! — replicaram as palavras no computador, parecendo meio zangadas. — Cabeça não foi feita só pra segurar pescoço, meu!" (p. 49)
R.:_____

b) "— Fale, sim, mas vá devagar, tomando a sopa pelas beiradas, sacomé? Veja se não assusta o garoto, afinal ele já teve pai — rebateu a voz, intrometida." (p. 51-52)
R.:_____

**10.** Leia o trecho a seguir:
"Gilberto reagiu, incrédulo:
— Você faz as coisas parecerem simples demais, filho. História é uma coisa, vida real é outra.
— Sem essa, pai. Quando a gente vai a um restaurante, por exemplo, você fica olhando pras pessoas. No táxi, você conversa sem parar com o motorista. Vai dizer que não está querendo saber como é a vida real de todo mundo pra depois escrever uma coisa que pareça verdadeira? [...]" (p. 61)

Quando uma forma de linguagem faz referência a si própria, diz-se que há metalinguagem. É o que ocorre em um filme cujo tema é a arte do cinema ou em um poema que fala de poesia. Considerando o trecho acima, responda:
a) Ele é um exemplo de metalinguagem? Justifique.
R.:_____

_____

b) O processo relatado por Vítor relaciona-se com o livro do qual ele é personagem? Justifique.
R.:_____

_____

_____

## Refletindo

**11.** Leia o trecho que mostra Vítor imaginando como seria sua mãe: "Olha, a minha mãe, com certeza, também precisa ser boa. Saber perdoar quando eu fizer alguma travessura. E nunca, mas nunca mesmo, bater em mim." (p. 13)
Essa fala aponta uma reação comum dos adultos diante do mau comportamento das crianças. Você acha correto os pais baterem nos filhos como forma de repreendê-los e educá-los?

**12.** Na escola, Vítor descobre que muitos de seus colegas viviam com a mãe, mas não com o pai (e alguns nem o conheciam). Hoje, há filhos que só moram com a mãe, há filhos que só moram com o pai, e há quem more ora com um, ora com outro. Na sua opinião, por que isso é mais comum nos dias atuais? Que outros tipos de formação familiar você conhece?

**13.** De acordo com Vítor, independentemente da profissão ou do futuro que ele tenha, o importante é ser feliz. Assim, ele começa a se questionar sobre o que é a felicidade: ser famoso? Ser rico? Ou simplesmente ter amor? Você acha que existe um conceito de felicidade? Para você, o que é ser feliz?

## Pesquisando

**14.** No capítulo "O futuro", Vítor imagina que profissão quer exercer quando for adulto. Uma delas é a de astronauta, e a voz então lhe pergunta se ele aguentará o treinamento pelo qual esses profissionais passam. Faça uma pesquisa sobre o treinamento de um astronauta: onde é feito, quais são as exigências e as etapas etc.

**15.** No primeiro capítulo, Vítor observa que:

"De vez em quando, no abrigo, aparecia uma assistente social para buscar uma criança e entregá-la a pais adotivos." (p. 11)

Você sabe o que faz um assistente social? Qual o campo de atuação desse profissional? Faça uma pesquisa para entender melhor essa profissão, listando suas funções e os possíveis locais em que um assistente social é necessário.

16. Que tal ampliar seus conhecimentos sobre a adoção e os abrigos, temas apresentados em *De sonhar também se vive...*? Você conhece algum abrigo? Por que há crianças e adolescentes acolhidos nessas instituições? Com base nessas perguntas, faça uma pesquisa sobre adoção no Brasil. Você vai descobrir que há muitas famílias que desejam adotar um filho, no entanto o número de crianças em abrigos continua alto. Por que isso acontece? Por que crianças que têm pais também vão para o abrigo, como Vítor descobre na história?

## Redigindo

17. Vítor participa de um concurso de histórias e no capítulo "A história" é possível ler a narrativa com a qual ele deseja concorrer ao prêmio de uma viagem pelo Brasil. Trata-se de um conto maravilhoso ou conto de fadas.
Escreva você também um conto de fadas. Você e seus colegas podem ainda promover um concurso de histórias e eleger o conto mais bonito.

18. Vítor tem uma doença rara que não é especificada na narrativa. Alguns tipos de doença são classificados como raros quando afetam menos de uma pessoa para cada grupo de 2 mil. E você sabia que há mais de 7 mil doenças raras conhecidas, que atingem de 6% a 8% da população mundial? Delas, menos de 10% tem tratamento específico. Reúna-se com seus colegas e pesquisem dez doenças consideradas raras. Depois, redijam um verbete enciclopédico para cada uma, especificando o nome (popular e científico), a causa, os sintomas e o tratamento que cada uma requer.

( ) vencedor do concurso de histórias, é o melhor amigo de Vítor na escola.
( ) irmão de Maurício, Vânia, Vanessa e Vítor.

**7.** No capítulo "Tristeza", Vítor pensa no tipo de livro de que gosta. Considerando a forma com que o garoto analisa e julga as histórias que lê:
a) Por que Vítor gosta mais de histórias tristes que de histórias alegres?
R.: _____

b) Vítor gosta de que tipo de final numa história?
R.: _____

c) O final do livro *De sonhar também se vive...* se encaixa no tipo de história que Vítor aprecia?
R.: _____
_____
_____

**8.** Leia este trecho:

"[...] Às vezes a história chega a um ponto, isso se ela for boa de verdade, em que mesmo o escritor tendo inventado o personagem, ele cria vida própria." (p. 41)
Essa fala de Gilberto também faz sentido no final do livro. Por quê?
R.: _____
_____
_____
_____

## *Linguagem*

**9.** Na escrita, costuma-se utilizar a linguagem formal, diferente da fala, ou seja, da linguagem coloquial. Nos trechos a seguir, subli-

## Sobre o ilustrador

Pernambucano nascido em Brasília, formei-me em Arquitetura pela Universidade de Brasília (UnB), onde também ministrei cursos de extensão de desenho. Atualmente moro em São Paulo.

Trabalho como ilustrador desde 2007 e me dedico exclusivamente a essa atividade desde 2009, atuando em publicidade e na área editorial.

Minhas maiores influências são as histórias em quadrinhos e o cinema de animação, principalmente os trabalhos de artistas como Will Eisner, Jeff Smith, Chuck Jones e Al Hirschfeld.

Aos leitores deste livro, gostaria de dizer: acredite nos seus sonhos. Foi por acreditar nos meus que hoje consigo viver exclusivamente de meus desenhos.

Leonardo Maciel

# COLEÇÃO JABUTI

Adeus, escola ▼◆🗊☒
Amazônia
Anjos do mar
Aprendendo a viver ◆⌘■
Aqui dentro há um longe imenso
Artista na ponte num dia de chuva e neblina, O ✳★⌘
Aventura na França
Awankana ✎☆⌘
Baleias não dizem adeus ✳📖⌘○
Bilhetinhos ✪
Blog da Marina, O ⌘✎
Boa de garfo e outros contos ◆✎⌘
Bonequeiro de sucata, O
Borboletas na chuva
Botão grená, O ▼✎
Braçoabraço ▼℞
Caderno de segredos ❑◎✎📖⌘○
Carrego no peito
Carta do pirata francês, A ✎
Casa de Hans Kunst, A
Cavaleiro das palavras, O ★
Cérbero, o navio do inferno 📖☑⌘
Charadas para qualquer Sherlock
Chico, Edu e o nono ano
Clube dos Leitores de Histórias Tristes ✎
Com o coração do outro lado do mundo ■
Conquista da vida, A
Da matéria dos sonhos 📖☑⌘
De Paris, com amor ❑◎★📖⌘☒⌘
De sonhar também se vive...
Debaixo da ingazeira da praça
Desafio nas missões
Desafios do rebelde, Os
Desprezados F. C.
Deusa da minha rua, A 📖⌘○
Devezenquandário de Leila Rosa Canguçu ➔
Dúvidas, segredos e descobertas
É tudo mentira
Enigma dos chimpanzés, O
Enquanto meu amor não vem ●✎⌘
Escandaloso teatro das virtudes, O ➔☺

Espelho maldito ▼✎⌘
Estava nascendo o dia em que conheceriam o mar
Estranho doutor Pimenta, O
Face oculta, A
Fantasmas ⌘
Fantasmas da rua do Canto, Os ✎
Firme como boia ▼⌘○
Florestania ✎
Furo de reportagem ❑✪◎📖℞⌘
Futuro feito à mão
Goleiro Leleta, O ▲
Guerra das sabidas contra os atletas vagais, A ✎
Hipergame 𝒢𝓁📖⌘
História de Lalo, A ⌘
Histórias do mundo que se foi ▲✎✪
Homem que não teimava, O ◎❑✪℞○
Ilhados
Ingênuo? Nem tanto...
Jeitão da turma, O ✎○
Lelé da Cuca, detetive especial ☑✪
Leo na corda bamba
Lia e o sétimo ano ✎■
Luana Carranca
Machado e Juca †▼●☞☑⌘
Mágica para cegos
Mariana e o lobo Mall 📖⌘
Márika e o oitavo ano ■
Marília, mar e ilha 🪶✎
Matéria de delicadeza ✎☞⌘
Melhores dias virão
Memórias mal-assombradas de um fantasma canhoto
Menino e o mar, O ✎
Miguel e o sexto ano ✎
Miopia e outros contos insólitos
Mistério mora ao lado, O ▼✪
Mochila, A
Motorista que contava assustadoras histórias de amor, O ▼● 🗊⌘
Na mesma sintonia ⌘■
Na trilha do mamute ■✎☞⌘
Não se esqueçam da rosa ♠⌘
Nos passos da dança

Oh, Coração!
Passado nas mãos de Sandra, O ▼◎⌘○
Perseguição
Porta a porta ■🗊❑◎✎⌘⌘
Porta do meu coração, A ◆℞
Primeiro amor
Quero ser belo ☑
Redes solidárias ◎▲❑✎℞⌘
Reportagem mortal
romeu@julieta.com.br ❑🗊⌘⌘
Rua 46 †❑◎⌘⌘
Sabor de vitória 🗊⌘○
Sambas dos corações partidos, Os
Savanas
Segredo de Estado ■☞
Sete casos do detetive Xulé ■
Só entre nós – Abelardo e Heloísa 🗊■
Só não venha de calça branca
Sofia e outros contos ☺
Sol é testemunha, O
Sorveteria, A
Surpresas da vida
Táli ☺
Tanto faz
Tenemit, a flor de lótus
Tigre na caverna, O
Triângulo de fogo
Última flor de abril, A
Um anarquista no sótão
Um dia de matar! ●
Um e-mail em vermelho
Um sopro de esperança
Um trem para outro (?) mundo ✱
Uma trama perfeita
U'Yara, rainha amazona
Vampíria
Vida no escuro, A
Viva a poesia viva ●❑◎✎📖⌘○
Viver melhor ❑◎⌘
Vô, cadê você?
Zero a zero

---

★ Prêmio Altamente Recomendável da FNLIJ
☆ Prêmio Jabuti
✳ Prêmio "João-de-Barro" (MG)
▲ Prêmio Adolfo Aizen - UBE
🪶 Premiado na Bienal Nestlé de Literatura Brasileira
☞ Premiado na França e na Espanha
☺ Finalista do Prêmio Jabuti
✪ Recomendado pela FNLIJ
✱ Fundo Municipal de Educação - Petrópolis/RJ
✪ Fundação Luís Eduardo Magalhães

● CONAE-SP
⌘ Salão Capixaba-ES
▼ Secretaria Municipal de Educação (RJ)
■ Departamento de Bibliotecas Infantojuvenis da Secretaria Municipal da Cultura/SP
◆ Programa Uma Biblioteca em cada Município
❑ Programa Cantinho de Leitura (GO)
♠ Secretaria de Educação de MG/EJA - Ensino Fundamental
☞ Acervo Básico da FNLIJ
➔ Selecionado pela FNLIJ para a Feira de Bolonha

✎ Programa Nacional do Livro Didático
📖 Programa Bibliotecas Escolares (MG)
𝒢𝓁 Programa Nacional de Salas de Leitura
🗊 Programa Cantinho de Leitura (MG)
◎ Programa de Bibliotecas das Escolas Estaduais (GO)
† Programa Biblioteca do Ensino Médio (PR)
⌘ Secretaria Municipal de Educação/SP
☒ Programa "Fome de Saber", da Faap (SP)
℞ Secretaria de Educação e Cultura da Bahia
○ Secretaria de Educação e Cultura de Vitória